今日という一日のために

近藤勝重

GENTOSHA

はじめに 「死ぬ力」－「生きる力」＝？

人生のラストがほの見える年齢になった。諦念とか、覚悟とかの言葉に表される心のありようも多少はわかる。「明《あき》らめる」、すなわち物事の真理が明らかになれば、諦める他はない。

が一方で、将来の世代が被る不利益のみならず、今日起きている事態そのものも多々案じられてならない。核、テロ、原発……。この国では南海トラフ、首都直下という大地震の不安にも常にさらされている。

戦後を振り返れば、安保闘争で幕を明けた一九六〇年代は作家、村上春樹氏が言うごとく「ラブ&ピース」と暴力が同時に存在していた。といって平和憲法下、日本の平和をさして疑うことはなかった。隣国と何かあっても、まあ、平和だった。しかしその平和も、米国と一緒に戦う「平和」が言われだして、何だか怪しくなってきた。

最近、友人のこんな話をよく思い出す。

大阪の実家に電話したところ、母親が出て「通帳がないんやわ。なんぼ捜しても」と困り果てている。「いつも言うてるやろ。大事なもんは一カ所に置いときやて」。友人にはまたかいなという話ながら、ああ、母親が変わらず家にいて、普段の生活がそこにあると思った途端、不意に泣けてきたという。

そして、しみじみと口にしたのが次のような言葉であった。

「常日頃があるということかなあ。それが幸せなんやと思うわ。ごく当たり前のことが本当はものすごくかけがえのないことなんやけど、いつも他のことばっかり頭にあって、そんなこと思いもせえへんからなあ」

人間は他の生き物とは違って、死は自覚のうちにある。生きた、愛した、死んだと存分の人生を閉じる人もいれば、仏教の四苦よろしく、生・老・病・死のとおりの人生を終える人もいる。

人生いろいろ、人それぞれながら、どう生きようと、ラストの死だけは百も承知しての日々だ。

生死一如《しょうじいちにょ》。「生きていくぼく」は「死んでいくぼく」、「死んでいくぼく」は「生きていくぼく」である。その限りにおいて生と死は同じ比重なわけだが、人はいずれ死ぬ。確実に死ぬ。最後に生死のバランスは崩れ去る。

加えて人間は、他の生き物にはない未来を見る能力を備えているから、死と一緒に先々を見つめることになる。死を意識せずに生き、かつ死の自覚もないまま最期を迎えるのが他の生き物一般だとすれば、人間というのは何か悲しい存在だ。

かつ、生は外から見えても死は内から立ち現れてくる。見えにくい。実はここにこそ今日という一日の意味、言ってみれば常日頃を生きる意味合いがあるとぼくは思っている。

「死ぬ力」－「生きる力」＝？

ぼくの答えは「残日」である。「日々」でもいい。「常日頃」でもいい。「死ぬ力」が「生きる力」に勝る以上、せめても残された「日々」を、「常日頃」をちゃんと自覚して生きたい。そう思うわけだ。

鳥取県のホスピス医、徳永進先生によると、死に直面した人の願いは決して特別なものではないそうだ。末期のがん患者と向かい合っていると、日常生活ほど幸せなものはないと気づかされると、エッセイなどにいろいろお書きになっている。ここではぼくの心に深く残っている二人の女性患者の話を紹介しておきたい。

七十二歳のトヨさんは病院へやって来た時、すでに全身にがんが転移して余命いくばくもない状態だった。病院で死ぬより家で死を迎えたいというトヨさんの希望で、ご主人が福祉タクシーに乗せて家へ。

家の庭にはサルスベリ（百日紅）やマキ、カエデなど木々が茂っている。セミしぐれが聞こえる部屋の畳の上に横になって、トヨさんが「ああええなあ、家はええなあ」と声をもらす。畳をさわりながら、さらに言う。

「なあ、あんた。うちなあ、家におったらいけんか」

徳永先生もご主人も黙ってうなずいた。

また、こんな話も。

やはりがん末期の主婦に「死の前にしたいことは何ですか」と聞くと「道を歩いてみたい」と言う。先生はきっと素晴らしい道なんだろうなと付いていったら、ありふれたアスファルト道路で、先を右に曲がるとスーパーがある。その主婦はいつもの買い物をして、ご主人の酒のつまみを作ってあげたかったのだそうだ。

「死を前にすると、誰もがささやかなことを望む。日常のなにげないことだけが、人の心に通じる大切な小径《こみち》になる」

先生は一人一人の患者さんからそう教えられてきた、と記している。


人生の最終章を閉じようとする人から語られるこれらの話で、人にしっていかに常日頃が大切かがおわかりいただけようか。

ぼくはジャーナリストでもあり、政治に言いたいことは山ほどある。といってその思いをストレートにぶつけて書いた覚えはあまりない。どちらかといえば、移ろう季節と世相を織り上げながら物申してきた。日々の暮らしが穏やかに続く。その日々のほんのささやかな幸福感やありがたさを書かず、語らずして、政治に物申すことも、政治を変えることもできないと思うからだ。

毎日新聞夕刊（一部地域、朝刊）「しあわせのトンボ」は二〇〇六年四月五日が初回で、今年で十年になる。みなさんの日々の折々に本書を手に取っていただければ幸甚だ。

二〇一六年十月

近藤勝重

今日という一日のために　目次

二章 日々日々また日々

三章 ほほえむことができるのに

四章 哀しみを知って笑いを深くする

五章　笑いの天使とともに

六章　たそがれの日本

イラスト　くぼあやこ
ＤＴＰ　美創
ブックデザイン　アルビレオ

一章

心は外に

死と再生――白い花のメッセージ

新興住宅地に住んでいるせいか、最寄りの駅までの道の両側にも目立つ広さの空き地がある。その一角に、春になると白い花をいっぱい咲かせる木がある。高さ五メートル余の花木は人目を引く。ハクモクレンである。

白い花といえばコブシがよく知られている。岡本敦郎さんがNHKのラジオ歌謡で歌った「白い花の咲く頃」は、一九五〇年に大ヒットした。ぼくはまだ小学校に上がる前だったが、岡本さんは後年も伸びのある声で歌い続けていたから、♪黙ってうつむいてた　お下げ髪　悲しかった　あの時の　あの白い花だよ……の歌詞はなんとなく覚えている。

ハクモクレンの花はコブシの花びらより厚みがあり、樹高もある。仕事からの帰りは駅から家までよく歩くが、闇にまぎれることもなく、白く輝くハクモクレンを目にすると、しばし足を止め見上げることになる。

ことに、朧月夜《おぼろづきよ》の白い花は見ごたえがある。ほんのりと浮かび上がっている姿には、思いがけず恩恵を授かったようなありがたさを覚え、通りかかった人にも見てほしくて声をかけたくなるほどだ。

思えば、移ろう歳月を彩る花には随分と救われてきた。とりわけ白い花には花木、草花を問わず強く引かれる。第一に清楚。華やかさには乏しくても、白い花に特有の花明かりのはかなさにふれて、感じ入ることもしばしばだ。

さて、その白い花ということでは、こんなことがあった。五月の連休中のことだ。家でごろごろしているばかりだと、体がなまり眠りも浅くなる。深夜、もっと体を動かさなければと外に出て、街灯がうっすら照らす道を歩いた。

事物のほとんどが闇に包まれ、色もはっきりしないのに、前方の植え込みが白く光っている。え、雪……まさか、そんなことはと思いつつ近寄ると、雪のように見えたのはびっしりと白い花をつけたツツジだった。その近くで咲く赤紫色のツツジなどは、昼間だと地面から燃え上がらんばかりだが、今は色合いもぼやけている。

道端の草むらや家々の庭先では、群生しているシロツメクサやペンペン草、それに愛らしいヒナギクなどが白い小花を際立たせ、夜を忘れたみたいに浮かび上がっている。すでに花を散らせた白い綿毛のタンポポも、ふわふわと微風に揺れている。

昼間だと色とりどりとしか言いようのない草花たちだが、夜になると無彩色の白い花が目立つ不思議。いや、不思議とは言うまい。一定の照明の下では白色の面が一番明るく見える明度のせいであろうが、何か未来からのメッセージでも伝えているような花の光に、こちらは軽やかな興奮もあって敬意を表したい気になった。

家に帰って、白い色のことを考えるともなく考えていた。百科事典の「白」の項を開くと「明度10」とか「闇に対する光」とかの説明のあと、「一日の終わったあとの西空は白く、一日の始まる暁の東空は白い。白は一日の死と再生を表す色である」ともあった。

ふと吉行淳之介氏が小説『夕暮まで』で描く西の空の情景が浮かんだ。死は「光のない白い夕暮がくる直前の真赤な空……」と書いて、人間一般の晩午の心境を託してみせた。東の空の白では『枕草子』の「春はあけぼの。やうやう白くなりゆく、山ぎはすこし明りて……」の一節が思い浮かぶ。

五月に入って朝は日ごとに爽快さを増している。「春はあけぼの」、いやいや、春より夏でしょ、と突っ込みたくなる心地よさだ。起きて窓辺に立つと、日々に流されないでもっと深く生きなければと思うが、さて今日は——。

一日の始まりは、余白いっぱいの白いページを開く気分である。

一日の終わりに

夜になって雨になった。静かな雨音である。

外の方が気持ちよさそうだな。窓辺に立って外を眺めていると、心が動いた。先夜、白く光って見えた花々も気になっていた。雨の中だとどう見えるのだろう。やはり街灯の薄明かりを反射して、雨中でも白く輝いて見えるのだろうか。すでに茶色く変色したシロツツジはともかく、シロツメクサなどの草花への興味も抱いての「雨に歩けば」である。

そぼ降る雨があたりをぬらしている。が、歩いても歩いても、白い花が視界に入ってこない。街灯のすぐ近くを通りかかった時、思わずえーっと声を上げた。道端の草花がきれいさっぱり刈り取られているではないか。

そういえば数日前、草刈り機を持った人たちを見かけた。先夜の白い草花も雑草と一緒に刈り取られたのだろう。野の花も、バラ園のバラも、花は花。同じ生命なのに……。ぶつぶつ言ってもはじまらない。

仕方なく、通り一つ隔てた公園へ足を運んだ。街灯の明かりが届く一帯に目をやる。群生していたシロツメクサの小葉は地面をはって一面に広がってはいるが、ひょろっと伸びた球状の白い花はこちらもほとんど刈り取られていた。

が、よく見ると、白く光るものがあちこちに点在している。何だろう。しゃがみ込んで目を凝らした。三つ葉の葉っぱや、名も知らぬ雑草の葉っぱに雨のしずくが夜露のように白く結んで光っているのだ。

雨が小やみになると、白いつぶつぶの光がさらに輝きを増してくる。日々の暮らしのすぐ近くに息づくなにか幻想的かつ視覚的な光景に、心もしっとりと潤う感がある。

ふと思った。古い言い方の「言《こと》の葉」の葉にはどんな意味があるのだろう。光景の光ってどんな意味があるのだろう。葉っぱはここにだってこんなにいっぱいあるのだから、豊かさを表しているのかな。人目を奪う光は非日常の場面を強く印象づけていると言っていいのかな。

それとは相反して、世の中は言葉も失うような出来事に事欠かない。テロなど、恐ろしい光景の映像もテレビでよく流されている。だからだろう。こうして一日の終わりに小さな自然の豊かな表情に触れると、いつの時も身近な風景にまなざしを注いでいたいと思うのは。また、そういうところにも人生の時間がありそうに思うのは。

若やぐ自然に身を置いて

暑い、寒いと言っているうちに一年が過ぎてゆく。そのせいか、初夏や初秋が貴重に思えてならない。

東京の下町に足を運んだ。日差しはあっても空気がさらっとしている。暑くも寒くもない。神社の境内の新緑が目に、心に染みてくる。と、風が吹いて、クスの大木の若葉を揺らすと、石畳や玉砂利にまだら模様を描く木漏れ日の光が揺れ動き、自然の造形美につい見とれた。梢《こずえ》が打ち重なり、もえぎ色の葉が日に照らされ風にそよぐさまの、何と生気にあふれていることか。言葉を持たぬ木ながら、風音と一緒に声を上げて喜んでいるようだ。

川沿いのサクラは葉桜になり、青く茂って影を深くしている。代わって野の花はもちろん、家々の植え込みや公園でも色とりどりの花が育ってきた。やがてクチナシ、アジサイの梅雨である。

一輪の花も一枚の葉も、生へのたゆまぬ営みがあってのものだ。時に、ひっそりと建物の隙間《すきま》や野に咲く花を見ると、他のどんな花にもない生命力を感じるとともに、何か大切な啓示を受けた気になる。誰にも邪魔されることのない、侵し難い生の営み。生きとし生ける物にはそれが何よりであろう。あるいはそれが、この世の平和というものか。

ダスティン・ホフマンが初監督作品を携えて来日した際に、年を重ねるということについて語っているのを本紙で読んだ。「3通りある」と断り、「ロッキングチェアに座って過ごす人。ただただ落ち込んでいる人。3番目は動きが鈍くなったり、目が見えにくかったりしても、心の奥行きは広げられると考える人」の存在を挙げ、こう続けている。

「時間に限りがあると感じるほど、人生のすばらしさや謎に魅了され、空や木の自然の美しさを思い、元気になるんだ」

同じ年齢であっても、老いの持つ質の問題、例えば居ずまい、たたずまいなど、自然体の美しさに違いがあるというのだろう。

ぼくは彼の主演映画「卒業」を見た日のことが忘れられない。大男のスターが多い中ではむしろ小柄な彼が醸し出すリアリティーと感情の奥深さは、ニューシネマの誕生を思わせるに十分だった。

余談ながら先日街で拾ったタクシーに乗っていると、「卒業」のエンディングに流れるサイモン&ガーファンクルの「サウンド・オブ・サイレンス」がカーラジオから流れてきた。座席に沈み込んでいた体を起こして聴き入る感じになった。

車の外を大都会のイチョウ並木が流れてゆく。仕事で移動中のひと時に懐かしいメロディー。ふと感慨に浸って、花嫁と彼はどうなったんだろう、とそんなことまで思っていた。

生き生きとして爽やかな五月の季節は、人生で言うなら青春の時であろう。若やぐ自然の中に身を置いて、氏がおっしゃる心の奥行きを得るのもいいのではなかろうか。いずれにしても遠い日が近くなるのが年をとるということであろうから。

アジサイを振り返り眺めつつ

アジサイは日本固有の花だ。鎌倉時代に園芸化され、中国に渡り、その中国からヨーロッパに渡り、また日本に戻って来たりしているうちに品種も増えた。それとともに色を変えたり、移ろう世や人の心の無情をたとえる花になったりしたというのがぼくの解釈だ。

それはともかく原種は小花の周りに四片から成る装飾花が額縁のように見えるガクアジサイ（別名、額の花）だが、ぼくらにおなじみなのは小花を密に集めて球形大の花となり、その花の色が七変化するアジサイである。

梅雨半ばの時期は花弁も色あせ、茶色に枯れかかっているものもある。手まりのような花が崩れていくのを目の当たりにするのは結構つらい。ここ数日は目をそらして通り過ぎている。

でも今年は、アジサイを眺めつつ気付いたことがあった。台風一過の朝だった。夜来の強い風雨が気になって、近くの公園を歩きながら木や花に目をとめた。根こそぎにされた若い桜木も何本かある。バラ園のバラもあたりに花を散らしている。

そんな中でアジサイは何事もなかったように色とりどりの花をつけていた。よほど強くしなやかな幹や枝が支え続けたのだろう、一つとして花を落としていなかった。

そのことも発見には違いなかったが、少し歩を進めたところから振り返り見たアジサイには、それ以上の感嘆があった。近寄って目の前で見るより、ずっと風趣に富んでいるのである。とりわけ雨にぬれて黒ずんでいたり、ふわっとこけを浮かび上がらせている木立の幹に引き立てられて、一層清美な花に見える。

振り返るという行為には、現在に過去がちょっと入り込む感覚がある。そのぶん気持ちに余裕がある。目の届く範囲も、歩いた距離だけワイドに広がっているから、例えば目を注ぐアジサイがあたり一帯でどんな位置にあり、どんなふうに調和を保っているのか、といったこともうかがえるわけだ。

振り返ると、花木一つもこんなふうに違って見えるんだ。そう気付くと、いろいろ思うところがあった。

すぐ目の前の物事にだけとらわれていたら、全体も自分も見えなくなるんじゃないか。少し離れたところから顧みてこそよく見えるんじゃないか。それにこれまでのことをいろいろ思い出しても、後方を確認して前方の仕事に取り組み、何とか乗り切ったじゃないかと思ったりもするのだった。こんな句を思い浮かべつつ。

紫陽花やきのふの誠けふの嘘　　正岡子規

「おはよう」が守ってくれる朝

気分が晴れない朝がある。心弾む予定でもあれば少しは違うのだろうが、毎日楽しいことが待っているはずもない。

胸の内に悩みの種があると、さあーという感じになれず、起居の動作も鈍い。川端康成氏の小説『化粧と口笛』で、女性が不幸を語って「夜よりも朝が悲しいものだそうですわ」とつぶやく場面があるが、朝の負の感情は男女を問わず誰しもあるのではなかろうか。

ただし朝に生じる心の問題は、朝ゆえに対処しやすく、気分がうつうつとなる前に抜け出せる。夜と違って朝は、多くの物事が一斉に動き出す。時間が来ると、こちらも否応無しに一日と向き合う準備にかからざるを得ない。

ぼくの場合、とりあえず窓を開け、よどんだ空気を入れ替える。その後は、だいたい次のことを日課としている。

・リンゴをかじりつつ朝刊を読む
・お茶を飲み、ちょっと間を置いてパンとコーヒーの朝食をとる
・仏壇にもお茶、コーヒー、花を供え、時に読経
・ベランダの植物に水をやる

時間にして一時間余、言ってみれば一日に備えた朝のルーティンだが、それで十分、心が解き放たれてゆく感がある。

コンディションに問題がなければ外に出る。出て歩く。二、三十分、歩いて自然に触れる。そうして自然の中に身を置いて思うのは、不自然極まりない人間のことだ。

新聞が、前日に続いて何ページにもわたりパリの同時多発テロを報じた日の朝は、やり切れない思いを抱えて海辺の公園まで足を運んだ。緩やかな坂道を上ると高台があり、ベンチで眼下の海が眺められる。

谷川俊太郎氏の「朝」という詩の結びの一節はよく覚えている（『あさ／朝』）。

インクの匂う新聞の見出しに／変らぬ人間のむごさを読みとるとしても／朝はいま一行の詩

「朝のかたち」と題した詩にはこんな一節もあった（『空に小鳥がいなくなった日』）。

朝はその日も光だった／おそろしいほど鮮やかに／魂のすみずみまで照らし出され／私はもう自分に嘘がつけなかった／私は〈おはよう〉と言い／その言葉が私を守ってくれるのを感じた

つくづく思う。人間はあるがままの自然にどれほど助けられ、生きるエネルギーをいただいていることか、と。

雲間から朝日が差す穏やかな海原で、さざなみが光の子のように踊っている。

確かに「百日」咲き満ちる花

家の近くに百日紅（サルスベリ）の並木がある。家々をぬって海へと通じる道の両側に、百本、いや二百本は植わっていようか。

公園や庭に一本の百日紅というのもいいものだが、これだけ盛大だと見ごたえがある。枝の先に群がる小さな花々を「天のかんざし」と詠む俳人がいた。なるほど炎天と紅色に咲く花の取り合わせは風趣に富む。

夏場だと早朝散歩時の足はしばしば止まり、見入ることになる。

幾つか花をつけた木枝をたわむれに揺すると、あたりに小さな花びらが舞って歩道にうっすらと舞い散る。根もとの草むらからは草の葉を揺らすかのように虫の音が聞こえて、それぞれに趣が深い。

ついでながら、百日紅は深まる秋とともに葉を落として、夏の艶《えん》からはほど遠くなる。冬場は樹皮もはげ落ち、サルが滑るほどの滑らかな木肌も、かさかさして生気を欠く。間違って伐採されても仕方がないような、立ち枯れ同然の姿である。

それだけに内に秘めた熱情を一時に表すように真夏に花をつける生命力には、本当に驚かされる。今夏など雨も少なく、照りつける日差しは尋常ではなかった。が、萎えることなく、確かに百日咲き満ちていた。

頑張るという言葉には「我を張る」、つまり自分の主張や居場所を譲らないで押し通すという意味がある。百日紅は灼熱《しゃくねつ》の太陽のもと、その場から動けぬことを運命としてひたすら営みを続け、悠々と咲きとおしてみせる。頑張り屋もいいところだ。

いや、考えてみれば、どんな花や木も頑張り屋だ。色合いといい、形状といい、自分の姿はこうだ、と個性の発揮にはいちずで一徹だ。「我」が確かに感じられるのだ。しかしそれが、百日紅なら百日紅ならではの「らしさ」を作っていることに疑いようはない。

それで思うのは、人間らしさについてである。おのずと頭は昔へ昔へと向かい、電気もガスもなかったころを想像する。そして今さらのように気付くのである。人間社会は我を張ることもなく自堕落に原発を受け入れ、人間らしさから急速に遠ざかってきたのだ、と。

東日本大震災以降、花や木に見入ることが多くなった。自らの肉体そのものが、歳月を経るごとに自然に帰っているのだろうか。

がんとは何か、木下闇にたたずんで

新聞に連載中に一度、単行本になった時にもう一度、さらに最近も手に取った本がある。白石一文氏の長編小説『神秘』だ。

膵臓《すいぞう》がんで余命一年と告げられた五十三歳の出版社役員が、不思議な力を持つ女性を探して神戸に移り住む。そこからさまざまな人物が登場してくるが、その女性と出会って以後のメッセージ性の強い一つ一つの言葉に引き込まれ、都合二度も読み入ることになった。

もはや男女を問わず、人間六十歳を過ぎれば、がんの発症を疑って何らおかしくない。ぼくは五十過ぎに胃のがんを切除し、「五年たてば大丈夫」が、十年、十五年と日がたち、六十を過ぎたあたりからは、再びがんにならないかと気にしつつ今に至っている。

そのせいか、末期がんの治療も受けずに乗り越えていく『神秘』の主人公の思考と行動には、驚きながらも興味を引かれた。がんとは何か、と問うて生死に言及した箇所には、線を引いたり、抜き書きしたりもした。

病を癒やす不思議な女性の「がんはね、生まれ変われっていうサインなのよ」とか、「あなたがあなたである限り、よくなるのはむずかしいの」とか、さらには主人公の「新しい居場所を見つけ出せれば、人は新しい自分になれる」という思いや、「この存在にすべてを委ねれば自分のがんは絶対確実に治る」と信じることの強さに触れたくだりは、とりわけ印象に残った。

自分を委ねられる存在は、人生観や死生観ともかかわって人それぞれだろう。がん患者なら、神様と答える人もいれば、信頼できる医師という人もいるはずだ。先述のとおり今のぼくは、がん体験者というにすぎないのだが、身を委ねる相手は身近に存在する。山川草木、すなわち自然である。

とある場所もそうで、こんもりとした一角に枝ぶりも豊かなケヤキの大木が三本、三角形の配置で静かにそびえ立っている。葉の茂りでほの暗く、何か神秘的な木下闇《こしたやみ》にしばしたたずんだ後、両手を広げつつ幾らか大層に「ああ……」と一声発する。そうして何度か「ああ……」を繰り返していると、自分が無になってい く感があり、今夏はそのひと時に健康法以上の価値を見いだしていた。

さて、それでどうなる、とは考えまい。すべてはおまかせである。

川風に吹かれて

ぼくの郷里は別子銅山とともに開けた愛媛県新居浜《にいはま》市郊外の片田舎である。瀬戸内海は山に隠れて見えない代わりに、川があった。

夏休みになると、山のふもとを目指して自転車をこいだ。道が狭くなり両側に山が迫ってくると、そこが渓谷だった。来る日も来る日も白波の立つ急流で遊んだ。毎日がどうしてこんなに楽しいのだろう。子ども心にそう思ったのを、今もはっきりと記憶している。

そんな昔とかかわるのだろうか、誘われるように近辺の川のある町に足を運ぶことがある。先日もとある町の川辺に立った。そして子どものころによくしたように小石を早瀬に投げてみた。水しぶきが上がって水音が返ってくる。たわむれのつもりだったが、二つ三つと小石を投げているうちに、童心とはまったく無縁の、寂しいような、むなしいような気持ちになって、川風に吹かれていた。

年をとったということか。人生の風景もいろいろ変わってきた。最近は懐旧の情に触れると、過去と未来の闇にぽつりと一人いる自分に気付く。もはやどう間違っても、毎日が何でこんなに楽しいのだろう、などと思うことはない。ないが、そう思う一方で、子どもの時の思い出は、自然とともに全てがあったような豊かさを増して、掛け替えのないものに思えてくる。悪さをしながらも、どこか気を使っていたし、友だちをかばう気持ちや勇気を身につけたのも、外での遊びを通してだった。

過日の新聞に「ネット依存中高生五十一万人」の見出しが立っていた。小学生は大丈夫だろうか、と思っていたところ、それから数日後に会った後輩が、「うちの子はテレビを切っても泣かないけど、ゲームを取り上げると泣くんですよ」と心配そうに言う。小学五年生だそうで、親としての不安な思いはよくわかる。

「ゲームって脳が喜ぶんでしょうね」と後輩。ぼくは「子どものころの遊びは脳というより体全体が喜んでいた気がするけどね」と言って、「夏休みなんて、自然の中で毎日が何でこんなに楽しいのかと思ったもんだよ」と昔をなつかしんだ。

昔はよかった、とは言わないが、自らの心の準備も不十分なまま、スマホの空間の急速な広がりや、全てマニュアル化されてゆく不自然な空間にはまり込んでゆく子ら。自然の子としての人間はどうなっていくのだろう。今の子が案じられてならない。

秋――健さんが残した言葉

文章の授業のお手伝いに行っている早稲田大キャンパスの木々も赤や黄色に色づきかけた。イチョウやポプラが黄葉で辺り一帯を染め上げる晩秋になると、ぼくは特別な思いにかられる。

いきさつは省くが、二〇一二年の十一月二十二日、親交のあった高倉健さんが、ぼくの授業を聴講してくれた。日本を代表する映画スターである。大騒ぎになっては、と大学にも内緒だったが、翌年秋に健さんが文化勲章を受章した際、祝意を込めてその日のことを夕刊に書いた。

しかし無常迅速とはこのことか、翌一四年の晩秋、健さんの訃報《ふほう》に接した。高倉プロモーションの女性は「高倉が」と言うや声を詰まらせ、「……十一月十日午前三時四十九分、都内の病院で亡くなりました」と続けた。

構内の木々を見上げ、澄み切った青い空に散り広がる雲を見れば、たちまちにして湧く秋の感慨も、天空に健さんを思い浮かべると、万象冷え冷えと感じられる。

折々、教室の健さんを思い出す。聴講後、学生たちの質問に答えつつ談笑に興じ、本当に楽しそうだった。以下、その時の健さんの言葉をいくつか。

「一生懸命生きている人の役しかやりません」

付け加えて健さんは、「どんな役をやらせたいか、皆さんも考えてください。ビートたけしが今一番狙っているのは、皆さんの世代です」と笑わせた。

以前、映画「あなたへ」の公開前の対談で、ぼくが健さんに「いい句がありますよ」と紹介した種田山頭火の「何を求める風の中ゆく」をこの時自ら口にして、学生たちにこう言った。

「何を求めたかということ、これが一番大事なんです」

要は何をなしたかの結果ではなく、何をなそうとしたかが大事だというわけだ。

「いい人と出会うことです。いい人は人生の宝です」

健さんには「いい人」がたくさんいたことだろう。特別な存在となると二百五本の作品中、二十本を撮った降旗康男監督や、比叡山の大阿闍梨《だいあじゃり》、酒井雄哉《ゆうさい》師が浮かぶ。健さんが心に刻んでいた「行く道は精進にして、忍びて終わり悔いなし」も酒井師からの言葉だ。

「人の心は傷つきやすいと知って、想《おも》いと心を大切にしてきました」

これはとりわけよく耳にした言葉で、教室でもそうおっしゃっていた。

ぼくも健さんからたくさんの想いを頂戴した。とりわけ手紙である。想いを丁寧に伝えるには手紙が何よりだと、したためていたのではなかろうか。良き日本人がちゃんと品質管理されている印象を持った。

と書き出せば切りがないが、どうしてもここに書き留めておきたい言葉がある。授業後に健さんを見送った際、「本当ならキャンパスのイチョウ並木を見てほしかったのですが」と言うと、健さんは大切な思い出のシーンを語ってくれた。

「神宮外苑のイチョウ並木もいいですねぇ。葉が積もってじゅうたんのようになるんですね。……ぼくの隣にいた女の子が突然靴を脱いで裸足《はだし》で駆けて行ったんです。あ

あ、素敵だなあって思いましたねぇ」
少し間があって、つぶやいた。
「のちの嫁さんですけど、イチョウ並木というと、思い出しますねぇ」
聴講後に頂いた手紙には「経済優先の付けが回ってきた時代、これからの世代には心の追求をして欲しい」とあった。

これが人生なんだな、とつぶやいて

東京に木枯らし一号が吹いた日、ぼくが足を踏み入れていた森も木々がざわざわと音を立てていた。

風のない日の森では、はらはらと舞い落ちる大きい木の葉と羽根のようにくるくる回りながら落ちてくる小さい葉を見比べたり、ただぼんやりとした時間が流れるのに、その日はちょっと違った。

山桜が群生する所にぼくはいたのだが、強い風に鳥がキキィと鳴くつど、日の光が乱反射して、紅、黄に色づいた葉っぱがきらきらと乱舞する。足元の落ち葉も風にあおられて、ザザザと波のように押し寄せ、地上でぐるぐる回っていたかと思うと突然上空に舞い上がっていった。

かつて人は他の動物とともに森の奥に住んでいた。やがて平地に下りて集団化するが、森を離れたことで人間は数々のゆがみを抱え込むことになる。

天と地が木と風と光の空間を押し広げる森の中にたたずんでいると、軽はずみに生きてきた自分が今、強くて優しくて、とんでもなく大きい生命に包み込まれている、そんな感覚にとらわれることがある。それは森の子としての自覚でもあろうか。

「理科」の時間であったか、水源としての役割や、二酸化炭素を吸収し酸素を供給するといったもろもろの森の働きについて習った覚えがある。今そのことを思い出して、人間の心魂にふれてくる働きこそが、まず挙げられなければならないのでは、と思ってみたりする。

そびえ立つスズカケノキの黄葉が散り果てるまでにはまだ間がありそうだ。すでに葉を落としている木もあるが、春になるとこれらはすべて新緑で装い、一気に若返る。

それに比べて人の命のなんとはかないことか。夏の終わりに同僚ががんで亡くなった。奥さんは電話口で「秋風の中を一緒に歩きたかったのですが、九月の青空を見て、もういいかと思ったのでしょうか」と話していた。

中年期を人生の秋という。ぼくなど、もうそこまで来ている冬を感じる年齢だ。樹齢何百年の巨木や古木を見上げては、ああ……と声をもらし、生きているとはこういうことなんだと思う一方で、同じくらいの悲しみを覚えている自分がいる。そしてこれが人生なんだな、とつぶやいている自分もいる。

ぼくは一歩一歩、足元を踏みしめるように森の出口へ向かった。さっきから同じ言葉を二度、三度、胸の中でつぶやいている。

大丈夫、なんとかなるさ。

鳥がまたキキィと鳴いた。一陣の風が吹き抜けたらしかった。

思えば、この一年

暖冬と聞いて、ほっとしている。春と秋は毎年あっという間だから、冬が夏の暑さを残存してくれるのにこしたことはない。

その暖冬だが、表れ方はいろいろだ。雨の日だって、風の強い日だって、暖かければ暖冬、季語でいう「冬ぬくし」である。

それに比べると、十一月ごろの春のように暖かい小春日和のほうが、何か幸福感がある。第一に温和。第二に小春という愛らしい名称。うらうらと晴れた日は、天に謝する思いにかられる。

そんな日を何日か挟んで迎える十二月は、のんびりと日なたぼっこしている暇などないかのようにせき立てられる感がある。仕事の関係で会う大方の人は「年内に決めたいので」とか「年末までに片付けないと」とか言って、こちらをせかす。

その日も都心の喫茶店で、せかせかとやって来るであろう人を待っていた。柔らかな日差しが街全体を包む昼下がりである。窓の外に黄葉のイチョウ並木が見える。ガラス窓の内側の席で差し込む日のぬくもりを感じつつ眺めていると、それまで静止画同然だった景色が、にわかに動画となった。風のせいだった。

イチョウの葉が枝から舞い落ちている。扇の形をした黄葉が日に照らされてひらひらと宙を舞うさまは、さながらチョウの乱舞だ。現実感を欠く光景に、言葉もロジックもないような世界に誘い込まれていた。

思えばこの一年、気もふさぐ出来事が相次ぐ中で、ふと目にした自然に気持ちがどれほど救われたことか。

春まだ浅い季節の空に伸び上がる枯れ木同然のケヤキには、静かさと静かさの内に秘めた生命力を感じ、不意に心が潤んだ。続いてサクラだ。毎年のことながら、まど・みちおさんの詩の一節が自然に浮かんでくる（「さくら」『花いっぱい』）。

いちどでも　いい／ほめてあげられたらなあ…と／さくらの　ことばで／さくらに
　そのまんかいを…

炎天に咲く百日紅が紅色の花を散らしたあとは小さな葉を紅色に染め、色も形もない風まで染め上げる……いや、感嘆した。
「やあ、やあ」と案の定、忙しそうに現れた人に「外はチョウの舞う春だね」と思わず口走る。現実に戻るまで間があった。

春の日差しを待つ一方で

怒りや悲しみなど、負の感情が心身に及ぼす影響は大きい。

うつうつとなると、自律神経がにわかにおかしくなったりする。神経のマイナス作用に対して、いかにブレーキをかけるか。以前からやっていることがある。

その一は、吸うより吐く息を長くしての腹式呼吸だ。その二は、おかしくなくてもハッハハッハと声を出してのバカ笑い。その三は、外に出てイチ、ニイとやはり声を出しての速歩である。以上三つのことが心身にどう反映しているのかはともかく、試みて気持ちがすっとするのは確かだ。加えて最近は、ウォーキングのあと、季節折々の草木を見ながらのぶらぶら歩きも取り入れている。

立春と聞いても、風は冷たく、春はまだ遠いが、兆す春はそこここにある。モクレンのつぼみは日々にふくらんで、サクラの小枝は、すでにその先端に米粒ほどの芽をいくつも付けている。何だ、そんなことかと思われるかもしれないが、じっと見ていると、生気が呼び覚まされる感がある。これら小さな生命が寒風にもまれながら、厚く冷たい冬のベールを突き破って、間違いなく春を呼ぶ。心からそう思えると、そこにある生命力がわが身のものとなって、それ相当の力が頂けるのだ。

春めくという。自然が春をもたらすという意より、人がいかに兆す春を感受するか、その感覚あっての言葉であろう。公園の広場の芝生は一様に枯れてはいても、草はところどころで青みを増してきた。草木の芽生えはもちろん、風の音や見上げる空から降り注ぐ光に、冬から一歩二歩と抜け出ている気配が感じられれば、わが身の生気ともなり得る。

昨今、神経にこたえる出来事が相次いでいる。とりわけ中東でのテロや人質事件など、人間の獣性を見せつけられ、心が凍ってゆく。たまらず外に出て、自然の中に身を置きたくなったのは、そもそもが自然の子である人間本来のごく当たり前の反応だったのか。

わが世の春という。それはいいとしても、そういう春は、一体人間の社会に何をもたらしたのだろう。一陽来復の日差しを心待ちにする一方で、この地球上で人間が自らの一方的な都合、不都合で、いろいろしでかしたさまざまなことの因果が、ふと頭をかすめてくる。

心は外に

テロの惨状を映し出しているテレビを切って外に出た。最寄りの駅までバスに乗り、電車に乗って二つ目の駅で降りた。休日で、用のある体ではない。

大寒もすぎて木々が葉を落とした公園を日差しがくまなく照らしている。ケヤキもクヌギもメタセコイアも全て裸木、見た目には枯れ木同然だ。ぶらぶら歩いて樹形のいい木に出合うと、立ち止まって見上げた。樹皮がうろこのように剝がれながら、すっくと立っている老木もある。幹から細かく分かれた枝の先が上へ上へと一斉に伸び上がり、その先端は風で小刻みに震えている。思わず声を上げ、そのあと何かささやいたのは、なお盛んな生命力に静かな感動を覚えたからであった。

冬木立には品種を問わず、力が頂けた。ケヤキはもちろん、サクラからも内に秘めた力が存分に伝わってきた。勢いよく伸びた枝先に宿す春の何と確かなことか。小さなふくらみは、寒風にもまれながらも成すべきことは黙々と成して、陽気の定まる頃には芽吹いて花を咲かせることだろう。

年が改まって考え直したことがある。いっこうに変わる気配のないどころか、憂きことばかりの世に少々めいってくると、音楽を聴いたり、本を読んだりして気を紛らわしてきた。要は自分の好みのものを取り入れてやり過ごしていたわけだが、この対処法には限界があった。いくら自分好みのものであっても、すでに内側に抱え込んでいるものと混じり合って複雑な反応を起こしてしまうのだ。

心は内に閉じ込めるものではなく、外に連れ出すものなのかもしれない。そう気付いて始めたのは、外に出て自然に触れることであった。

実際に、心が自然の中で生き生きと動き出すと、心身が前向きになれた。精神の勇躍である。木を眺め、その上の空を見上げ、木下の大地の感触を得るし、木は木で生きているといったことをはじめ、自然を成す一つ一つがそれぞれに役目を果たしていることも、今さらのように納得できた。そしてこちらから何か話しかけたくなり、木立と二つ三つの言葉を交わした。

高エネルギー宇宙物理学の権威でＮＡＳＡ主任研究員だった元神奈川大学学長の桜井邦朋氏によると、ぼくらホモサピエンスが地球に現れたのは五百万年ほど前で、宇宙から見れば人間など進化の途中、できたてのホヤホヤだという。しかしそのホヤホヤ同士が手を携えるどころか、いがみ合い、憎しみ合って天をも恐れぬ所業に及んでいるわけだ。

本当に国の内外で人間の犯す間違いは際限がない。戦い争っておびただしい血が流れ、災厄はあとを絶たない。うめく声は、ただただ悲しい。自然の中にいると、その酷さ、悲惨さがよくわかる。せめても自然に寄り添って、日々、少しずつでも改善できないものか。少なくとも自分個人のありようは心がけしだいで変えられるのではなかろうか。

日々また日々、心は外へ、自然とともに――である。

二章

日々日々また日々

生き方は死に方

京都の老人ホーム「同和園」付属診療所所長、中村仁一氏の話を伺ったことがある。ちょうど氏の『大往生したけりゃ医療とかかわるな』という本が売れに売れていたころであった。話のすべてに納得できたわけではないが、次の言葉はすっと胸に届いた。「人間は生きてきたように死ぬんです」

生き方は死に方、というわけだが、それでよく思い出すのは、知り合いから聞いたあるおばあさんの人生の終《しま》い方である。それは日常のひとコマのような死で、これ以上望むべくもない幸せな死に方に思えてならない。

そのおばあさんは東京近郊で娘さんと二人で暮らしていた。三十代でご主人と死別、子どもたちは女手一つで育て上げた。明るく陽気な人柄で、総菜を煮炊きする時は多めに作り、ご近所に配って回るような人だった。

趣味は歌うこと。子どもたちが独立してからは民謡や都々逸《どどいつ》なども習っていた。用事で出掛けても、たいていはまっすぐ帰らず、駅前のショッピングセンターに立ち寄ったり、たまたま顔見知りの人に出会うと、「ちょっと飲みに行きましょうよ」と誘って好きなビールを飲んで帰る。

老人クラブでも人気者で、道で老人クラブの男性に「今日は一段と美しいね」と声を掛けられると、「こんなとこで私をくどいてどうしようっていうの」などと軽口を飛ばす。ご主人が四十代で亡くなっているので、「夢に出てくる夫が若いのよ。いいもんよー」と周りを笑わせていたそうだ。

亡くなったのは親しい歌仲間との新年会の翌日だった。会には髪をされいにセットし、きちんと着物を着て現れた。得意の都々逸まで披露して会を盛り上げ、いつもと変わらない様子だった。ところが次の日、家で「ちょっと疲れたから横になるわ」と言ってこたつでうたた寝をはじめ、娘さんが声を掛けた時は、すでに息がなかったという。享年八十四。

彼女の死は特別なものではなく、日常の延長というか、まるで変わらない日々のワンシーンに織り込まれていたかのようだった。しかも前日、好きな歌をいっぱい歌って、人生の幕を閉じる。知り合いの話を聞き終えて、思わず「あっぱれ」と口にしていた。

生き方は死に方と先に書いたが、ふと思った。必ず人は死ぬ。その限りにおいて生きる力が死ぬ力に勝ることなどありえないものの、しかし実質において生は死に勝ることはありえると。

明日、家を出る時は

家を出てバス停まで歩いたところで気がついた。片方の靴のひもがほどけている。前かがみになってひもを締め直した。

一瞬、あまり感じたことのない思いにとらわれた。靴ひもを締め直すなんて、以前なら面倒くさいことに思えたのに、何か幸せな気分になっていたのだ。

その日はＴＢＳラジオの番組に出るべく家を出た。最寄りの駅までバスに乗り、ＪＲ、地下鉄と乗り継いで赤坂へ。つまりは仕事の現場に向かっていたわけだ。働くことのできるところへ足を運んでいる。生きがいとか、張り合いとか、これまた普段はそんなに思ったことのないような感覚と、靴のひもを締め直す行為とが重なって、幸せを思ってみたりしたのだろう。

そればかりか、靴ってありがたい。当たり前に履いたり脱いだりしているが、靴を履かずして、長い道のりは歩けない。ということは人生も……などと、思うことがだんだんオーバーになっていった。

そもそもの靴ひもについても、緩んでくると、靴の履き心地はにわかにおかしくなる。一歩一歩足を運ぶのにも違和感がある。でも、ちゃんと締めると、ちゃんと歩ける。ありがたき幸せ、とここでもまたオーバーな反応をしていたのだった。

が、一方で、そういう自分を、どこか冷ややかに見ているもう一人の自分もいた。そんなこと思うなんて、気の弱りか？　いつからそんなに弱気になったんだい？　締め直せばいいだけのことじゃないか。

すると、さっきから何かとオーバーでテンションの高い自分が、「散文は歩行、韻文は舞踏」って言うじゃないか。文章を書く仕事について四十年余、まだ歩ける、すなわち書けるということの幸せを感じて何がおかしい。今も書いているからラジオでもしゃべらせてもらい、ギャラまでいただいているんじゃないか、などと結構理屈っぽく弁じてやり返している。

正直、この先のことはどちらの自分にもわからない。歩いて歩いて、どこに到着するのか。それまで何度、靴ひもを締め直すのか。それもよくはわからない。
どっちにしろ、明日家を出る時は、靴を磨いてやろう。

雨の降る日も日の照る日も

今日も雨の中を歩いている。

公園の木々もこの季節らしく茂ってきた。緑が鮮やかに見えるのは、雨で黒ずんだ幹のせいだろう。

道沿いの家々のあいだでアジサイが濡《ぬ》れている。クチナシもほのかに香る程度に花をつけてきた。

もとより豪雨、大雨はお断りだが、花が散らぬほどの雨なら悪くはない。ときどきの晴れ間も、梅雨なればこそのありがたみがある。

さてぼくは雨の中を歩いている。もっとも天気は関係ない。毎朝、小一時間の散歩は、この十数年ずっと続けてきた健康法だ。

「百二十歳までいかに元気でいるかは、歩けるかどうかにかかっていると言ってよい。中年以降はちょっと意識して一日一万歩を歩くようにしましょう」

長寿の研究で知られる東京都老人総合研究所の先生の言葉だが、だから歩いているというわけではない。ぼくらは生きるためにも生きているわけだ。現に生きていてよかったと思えることもそれなりにあった。生きる方向はこの道だと思えるものがあるかぎり歩こう。そう心しての日々だ。

また原稿を常に書いている身でいえば、歩いている時にふと浮かぶ言葉には随分助けられる。歩くことで頭も心も生き生き動きだすのだろうが、ふと思いついた一文で、行き詰まっていた文章がすっと書けたりする。本当にありがたい。今や歩かないと書けない人間になっている気さえもするほどだ。

季節それぞれに好きな道がある。梅雨時は家の近くの公園をぐるっと回って周辺の住宅街を縫って歩く。米粒ほどもない一粒一粒が、やがて球形大の花となるアジサイの成長ぶりも日々楽しめた。

いや、そんな一つ一つのことより、あたり一帯の木や花や草がたっぷりと水を吸って気持ちよさそうに育っているさまをずっと見ていたのだった。

そうそう、付け加えておくが、歩いていてこんなこともよく思う。つまるところ人間は道と風景に生かされているのではなかろうか、と。

日々また日々。雨の降る日も日の照る日も、ぼくは目の前のこの道を歩いて行くだけである。

体裁がつくる気力

ＭＢＳラジオの情報番組で、国立がんセンター名誉総長で『妻を看取る日』の著者である垣添忠生氏とお話しする機会を得た。氏は同じ状況の人に役立つなら、とスタジオからの電話に一つ一つ丁寧に答えてくださった。

氏が最愛の伴侶をがんで亡くして以後の生活についても「しばらくは酒びたりの生活でむちゃくちゃでした」などと振り返り、自然で飾らない人柄が随所にうかがえた。

奥さんの没後、強烈なうつ状態に陥り自死すら考えた氏が、いかにして再起のきっかけをつかんだか。スタジオとの話がそんな流れになった時、やはり奥さんを亡くして一人暮らしを続けている作家の眉村卓氏が、毎日新聞夕刊紙上で「気力が体裁をつくるのではなく、体裁が気力をつくることもあると思う。生活にボロを出さないようにと思うと、どこか頑張るでしょ。底の抜けた靴を履いていることがないようにとか、新しいズボンを買わないと、と思うと、気力が持ちますよね」とインタビューに答えていたのを思い出した。

その話を紹介すると、垣添氏は「あ、なるほど、それはありますね」と次のように言葉を続けた。

「靴屋さんに磨いてもらった靴がきれいになると、気持ちもしゃんとします。身だしなみや外見はすごく大事ですね」

聞いていて「靴」に反応されたのがよくわかった。考えてみれば靴は、「歩く」ということを通して日常性や社会性と深くかかわっている。靴を履かずして長い道のりは歩けない。その長い道のりを人生という言葉に置き換えると、靴は価値を一層増す。やはり夕刊での眉村氏の「女性は出かける時、お化粧して身づくろいするでしょ。それが元気の秘訣かもしれません」という言葉も一緒になって、垣添氏の言葉は、ぼくの胸にすとんと落ちた。

一年半にわたる妻との闘病生活の間も、そして自宅で妻をみとって以後も、ふらっと靴屋さんに立ち寄って革靴のツヤを取り戻して元気を取り戻してきたという話は、著書でもふれているが、その日の番組での話はとりわけ印象に残った。地声というか、普段と変わらないそのままの声と一緒に耳に入ってくる言葉に、氏の日々がより感じ取れたからだろう。

優先席で無我の境地

知人のAさんが九十七歳で亡くなった祖母の話をしてくれた。

最晩年、施設で過ごしていた祖母が、ある時、ふとつぶやくように言ったという。

「最後の最後まで自分を呼んでくれ、歓迎してくれたのは、青い空と草原《くさはら》だね」

施設では若い職員とも仲良くやっている様子で、「みんな、よくしてくれる」と笑顔で話していた。でもそれは周囲への気遣いだったのでは、とAさんは祖母の胸中を察し、「施設から散歩に出た時、近くの草原で寝転びながら青空を見上げていたようです。言うに言われぬ解放感があったんでしょうね」と振り返る。

主婦のB子さんはこんな体験談を語ってくれた。

「昨日もデパートで化粧品のサンプルを配っていて、明らかに若い人には渡し、年配の方には渡さずというところを通りかかったんですが、私は頂け、うれしかったです」

受けてぼくは、講義に行っている大学での話をした。

「学生たちが何人も門の前でビラを配っているんですが、今まで一枚もらっただけです」

「何のビラだったんですか」

「落語会の案内でした」

大学に通い始めた当初を思い出すと、門をくぐる時のぼくの心境は結構複雑だった。年格好はどうあれ、気持ちだけは前方へ傾け構内に入っていたものの、さっそうとしたイメージとはほど遠い。正直ビラに手を伸ばすのもおっくうな自分を思えば、学生たちが無視するのは当然だったわけだ。

そう納得すると、年齢とともに我が身に起きてくることを自嘲的に話したい欲求にかられるからおかしい。

近年はむしろ遠い日が近くなり、近い日が遠くなりがちで、数日前のことばかりか、ついさっきのことが怪しくなってきている。

先日も友人の医師に「冷蔵庫を開けて、何で開けたのか、となるんだ」と言って、こうも言ってみた。

「記憶をたどって必死に思い出そうとしている自分って、生きている！　という、おかしな実感があるんだけどね」

友人は「生きている！」うんぬんには何も反応せず、

「でも忘れるって、いいんだよ。がん患者だって普段がんを忘れて生活してると、治るの、早いんじゃないかな。とにかく忘れないで、気に病むのが一番悪いんだ」

「雑事を離れての瞑想っていいらしいね。ぼくにもただただぼーっとしての無我の状態になるぐらいはできそうだなあ」

「ああ、無我ね。いいよ、それ」と友人。

それで少し書き足したいのは、電車に乗った時のことだ。以前は席を譲られると、「いや」と言って何か押し戻したい気になったものだが、いつしかすぐに譲ってもらうようになり、優先席が呼んでいると思う変わりようだ。年齢相応の威厳がないかわりに、温容さを身につけたということであろうか。

そして今や優先席では我を無くすことがなんとなく身についてきた。ただ、乗り過ごすことも増えて、我に返ったその時の慌てふためきようを思うと、無我の境地も良い面悪い面が相半ばかもしれない。

あんパンとおじいさん

　スーパーのレジ前の通路を、小柄なおじいさんが両手にあんパンを一個ずつ持って行ったり来たりしている。さてどこに並ぼうか、とレジの列をうかがっている気配だ。夕方で、どのレジにも長い列ができている。と、その時、やはり並ぶレジを探していた一人の主婦が、おじいさんに声をかけ、こちらへと手招きした。おじいさんは「はい、はい」と返事して、にこにこしながらその主婦とともに比較的短い列のレジに並んだ。

　この光景にこれ以上ドラマがあったわけではない。主婦の心遣いも日常的に身についたものであろうし、おじいさんのひょうひょうとした振る舞いも、ごく自然な感じであった。

それでいておじいさんの存在が目立っていたのは、明らかに両の手のあんパンによるものだ。それがカレーパンであったり、かつサンドであったりすると（それは考えにくいことだが）、印象も違って感じられたことだろう。あんパンは、そのおじいさんの何とも言えない存在感と、自分のペースで無理なく暮らしているであろう日々の姿をも印象づけずにはおかなかった。

人間は望むものを入手しようと力を尽くす。しかし老年期に入ると、得たものを肩の荷を下ろすように次々と手放していく。そして自らが在るだけになるというのがぼくの理解だ。

霊長類研究の第一人者、山極壽一《やまぎわじゆいち》京都大教授が毎日新聞に掲載の「時代の風」に「老年期の意味」と題して書いていた。氏は右肩上がりの経済成長がときとして人類を追い詰めることに触れつつ、こう結んでいる。

「老人たちはただ存在することで、人間を目的的な強い束縛から救ってきたのではないだろうか。その意味が現代にこそ重要になっていると思う」

この一文を読んだあとで、河合隼雄氏が我々の社会は何かを「する」ことに重きを置きすぎる、と批判していたのを思い出した。『対話する人間』という本の一節で、お年寄りのお父さんの存在に触れてこうある。

〈〝父さん〟といったときに〝うん、うん〟といってくれたり、ニコニコしてくれたりするだけでいい。そのときに、お父さんが金をどれだけ儲けてくれたとか、お父さんがどれだけの家を建ててくれたかということではなくて、ただそこにいるということが重みをもつ〉

ついでに『こころの声を聴く　河合隼雄対話集』を開くと、沢村貞子さんがこうおっしゃっている。

〈最近とっても喜んだのは、先生のおっしゃる「年寄りはブラブラしてたほうがいい」っていうの。生き甲斐《がい》だとか、なにかすべきだとかってすぐ言いますでしょう。もうさんざん仕事をして一生懸命生きてきたんだから、あとは生きてるだけで勘弁してもらいたいと思ってたんです。そうしたら、『老いのみち』というご本にブラブラしてるほうがいいって書いてある。遊ぶというのは子供の商売で、年寄りの商売はブラブラしていることだと思うんです〉

ブラブラしながら寄り添っての老後。スーパーで見かけたあのおじいさんの二個のあんパンの一個は、おばあさんの分だったのではなかろうか。家で「はい、ばあさん。あんこの多いほうはどっちかな?」「こっちでしょ」などと言い合っている老夫婦をつい想像してしまう。

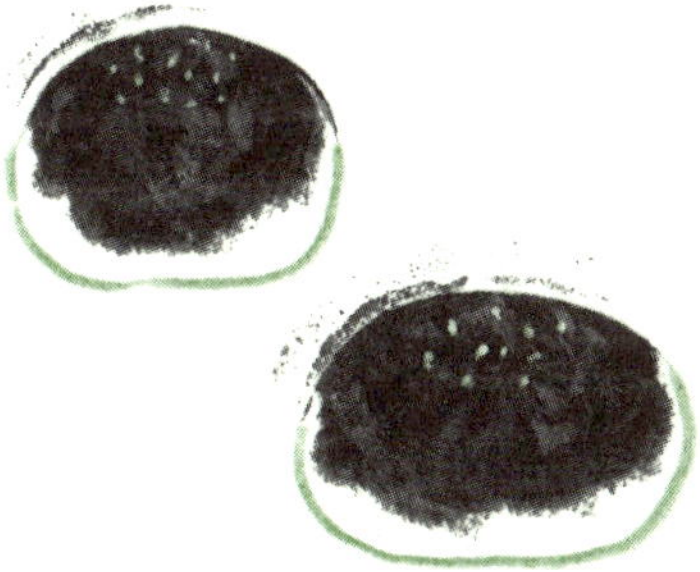

何もない空間の菊一輪

原稿や手紙を書く時に使っていたダイニングテーブルが、いつしか書き物机の代わりになってしまった。ペン立てや書類のほか、利用価値のない物までが雑多に置かれ、ペンの染みなど汚れも目立つ。今さらながら、これはひどい！　と物を全て取り除くと、４人用のテーブルは思いのほか広く、ビジュアルな広がりばかりか、清々として気持ちがいい。

ふと思いついて、仏壇の菊一輪を小さな花瓶にさしテーブルに置いてみた。眺めていると、何もないことが引き立てる美とでもいうのか、静物画にも似た世界に引き込まれ、心が安らぐ。

続いてコーヒーをいれ、同じようにカップを一つテーブルに置いてみた。じっと動かない小さなカップが香りとともに存在感を増し、コーヒーを飲みながらくつろぐ時間の質が変わっていくように感じられた。

以前、訪ねて来た人に「物、少ないんですねえ」と驚いたように言われたことがある。ダイニングテーブルが書き物机代わりの我が家だから、確かに物は少ない。あると言えるのは本棚の本ぐらいだろうか。

でも、この一室に家具や調度品が置かれると、どういう感じになるのだろう。心の自由を奪われ、何か息苦しくなりそうな気さえしてくる。

各国で多くの人のライフスタイルを変えたと評されるフランス人著述家、ドミニック・ローホーのベストセラー『シンプルに生きる』に書かれていた〈「少なく」が「多く」をもたらすことを現実に実感してみる〉の「少なく」は物であり、「多く」は精神的な産物である。

やはり同書でも触れられていた京都・龍安寺の石庭は、ぼくも好んでよく訪れる。眺めているだけですっとして、そのうちぼーっとできるのは、余計な物のない石と石との余白が心を落ち着かせてくれるからだろう。

戦後、日本は豊かさを得るには物だとばかりに過剰なまでの物質主義に陥っている。おすすめ情報がメディアにあふれ、不必要な物まで買いがちな消費社会に身を置くと、有ることと無いこと、そのことと幸、不幸、あるいは健康、不健康の関係は……といろいろ考えてしまう。

そんな考え事に少し疲れ、ＢＳの旅番組をつけたのはいいが、ＣＭの健康食品情報は洪水のごとくであった。ああ、日本である。

お互いさま

一歩外に出ると、何かと人の目を意識する。電車の中で鼻をかむのさえ気を使う。でも帰宅し、服を脱ぎ捨て自室に入ると、自分の振る舞いを意識することなどほとんどない。無意識のうちにいろんなことをやっている。どちらが本当の自分なのか。どちらも本当だが、どちらがありのままかと問うなら、無意識に振る舞っている方であろう。

ところが困ったことに、ぼくらはありのままの人を見られない。素顔をさらして過ごしている状態は、どんな人かを知る上で極めて重要なポイントなのに、よくはわからない。

ということは、みんなかなり危うい人間関係の上に生きているということになる。

それが単なる人間関係ならともかく、職場での上司と部下の関係であったり、もっと身近な夫婦であったり、恋人同士であったりするとどうなんだろう。

加えて人間は、先祖代々の遺伝子をたくさん引き継いで、実に多面的な個性を持っているようだから、この人はこうだなどと決めつけられない。それなのに「君の全部、好きだ」「私も」などと口走って結ばれたり、「部長とならどこまでも」と上司に忠誠を誓ったりしているのが現実だ。何と無謀なことよ、である。

しかし、だからといって人間関係を一方的に断ち切るわけにもいかない。そこはどう考えるべきなのか。ぼくの考えはお互いさまだということに落ち着く。

誰だって表と裏があり、同じようなものだとなれば、人間の社会はそういうものだと割り切るほかはない。それに人間は年齢とともに幅を広げていく。いちいち是非善悪を問うて生きていては疲れる。ま、いいか。自分だって似たようなもんじゃないか。そんな寛大さもだんだん身についてくる。

もっとも人間関係の煩わしさから、ひとり孤独に生きている人もいるだろう。それはそれでわからぬでもないが、人間がこの世に生を受けたということは、良くも悪くも人の世にもまれて生きるということだろう。
ぼくも日々、多くの人にもまれている。昼間もばたばただった先夜は、誘われるままおでん屋に足を運んだ。知った顔ぶれながら、時には面白くない思いにかられたり、言い争いになったりの話題もあった。そうして帰宅して、同郷の川柳作家、前田伍健（一八八九－一九六〇年）のよく知られた一句をつぶやいていた。

考えを直せばふっと出る笑い

老残ではない後半生を

　ある定年男の話を友人から聞いた。

　男は毎朝食事をすますと、自転車に乗って出かける。なぜ自転車かというと、どこにでも自由に行けるからで、向かう先はペダルをこいでも行ける距離の銀座界隈と周辺の区の図書館や公園だそうだ。

「図書館や公園はわかるけど、なぜ銀座なんだろう」

　ぼくが不思議がると、友人は「そうだよね」とうなずいて話を続けた。「想像だけど、彼は年金暮らしでお金はない。でももともとオシャレな男で教養もある。おそらく無料で入れる百貨店の催しを見たり、画廊をのぞいたり、ショーウインドーだって楽しんでるんじゃないのかなあ」と話す。

定年後の男の日々についてはそれぞれの人生観や、日々の空白をどのように埋めているのか、かねて興味があった。以前、夕刊の企画で提案したこともある。その取材で同僚と驚きの声を上げたのは、奥さんから定期券を買い与えられ、昼食を外で食べて帰る男の話だった。

その定期券男も銀座が食事のスポットに入っていた。自身から華やかさが薄れていくにつれ、外に華やかさを求めてだろうか。定年だから、と何もしょぼくれて生きる必要はないのだが。

そんな話のあと、友人は「みんな持ってるんだ」と感心するように言う。「持ってるって、何を」と尋ねると、「時間をつぶせる場所」と一言あって、次のような話をした。

「彼らの行く先で一番多いのは、やはり公園みたいだ。お弁当を持って来ている人もいるって話だよ。アスレチックジムや健康遊具の備わっている公園が人気らしい」

「二番目は？」と聞くと、「これは予想通りだろうが、図書館」と友人。通っているうちに似たような雰囲気の者同士が顔見知りになって、ロビーなどで一緒に話し込んだりするそうだ。女同士、ぺちゃくちゃ話しているのとは違って、男同士が輪になって、というのは何か変な感じもあるようだが、そのうちずっと姿を見せなくなる男が出てくるらしい。

「そういう時、ふっと思うそうだ。『死んだんかな』って」

その場を頭に描いて、どう答えたものか口ごもっていると、友人は自転車男のことに話題を変えた。

「自転車にまたがってどこをのぞこうかとキョロキョロしている。銀座だと、お巡りさんに時々、職務質問を受けるらしい。お巡りさんがいないかどうか、キョロキョロうかがっていると、それがまた職質を呼ぶんだそうだ」

遠慮なく笑わせてもらった。

そして一言、付け加えておいた。

「定年まで世間や会社に気がねして生きてきたお父さんだろ。暇になったのを幸いに遠慮なくキョロキョロしたらいいいんだよね」

老残の身を横たえる日々ではなく、元気に後半生を楽しんでいただきたい。これまでは「生活」、これからは「人生」と割り切って。

人生の三角ベース

ぼくの住むマンションはコンビニと郵便局が両隣にある。玄関から歩いて数歩先にはバス停もある。

訪ねてきた友人らはあたりを見回し、「便利な所に住んでるなあ」と言って、「老いてもここなら何とかなりそうだ」などと軽口をたたく者もいる。

確かに便利だ。コンビニには日用品や飲食物を買いに何かと足を運ぶ。郵便局も仕事柄、利用頻度は高い。バス停からは、仕事先へ急ぐ日などは満員のバスに乗り込んでいる。しかし、便利だといってもそれだけのことだ。それより興味深いのは、それぞれに流れている時間の違いである。

例えばコンビニでは、一日二十四時間がちゃんと流れている。朝は朝の、昼間は昼間の、夜は夜の品揃えにもぬかりはなさそうだ。

郵便局では、遠くへ荷物を送っている人もいれば、地名を挙げて速達なら何日で届くかと確認している人もいて、日々を超えた時間が流れている。コンビニが決まり決まった生活なら郵便局には歳月とともにある人生が感じられる。

バス停はただただ慌しい。時刻表を見ればわかる通り、流れている時間は分刻みだ。一分一秒に変わりはないが、時間の流れ方はそれぞれに時感と当て字で表したくなるほど感覚的に異なる。

レジ前、窓口、乗客の列と、同じように並んで待っていても、郵便局の窓口で並ぶのはさして苦にならない。飾られている「県の花」や全国各地のお城の切手を見たり、あるいは各地の四季折々を写す展示物などを眺めたりしながら、ふと少年の日を思い出したりする。これすべて、時感のせいだろう。

ぼくは別子銅山のふもとで生まれ育った。家は駅前で、すぐ近くに山から運び込まれた鉱石の置き場があった。鉱石がトロッコから貨車に運び込まれた後はちょっとした広場になるので、ソフトボールをしてよく遊んだ。ボールが見づらくなる日暮れ、

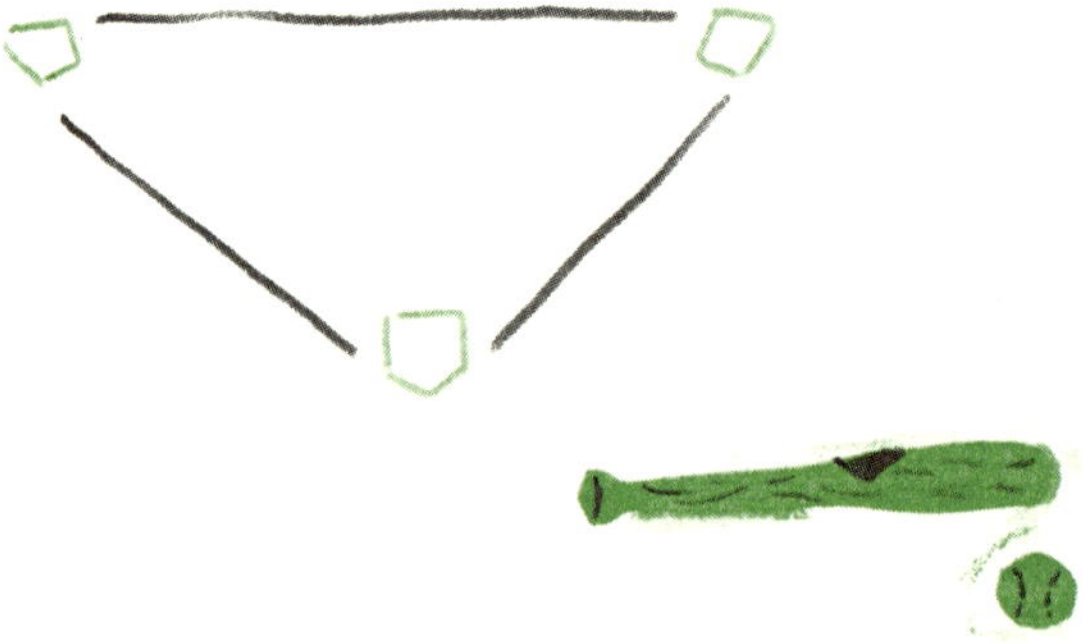

「ご飯よ」と呼ぶ母の声を聞いても帰る気がせず、再び「ご飯よ」と呼ばれるまで三角ベースを走り回っていた。
今はコンビニ、郵便局、バス停が日々の三角ベースとなったが、人はみな老いれば暇になる。三角もやがては二角、一角に……いや、その時は暇にまかせて四方八方にベースを広げてみるか。

プラスマイナスゼロの家事

ある女性アナウンサーが、いろいろあって自らパーソナリティーを務めるラジオ番組を降りた。つらい決断であったろう。ぼくなりに案じていたが、しばらくたって彼女は元気を取り戻し、こんな話をしてくれた。

「日常のこまごましたこと、たとえば部屋の掃除ひとつもこれまで以上に時間をかけてていねいにする。料理も台所に立って心をこめて作る。そうしている間に自分の気持ちがだんだん前向きになっていったんです」

日々の営みを積み重ねていくことで気持ちがしっかりしてくるという彼女の体験談に、歌手の加藤登紀子さんが毎日新聞で語っていた言葉を思い起こした。

加藤さんはご飯を作って食べる、あるいは洗濯して、また汚しては洗濯するといった、プラスマイナスゼロの家事の積み重ねが女性の強みになっている、と日々の営みの大切さを強調していた。

一方、男についていては進歩したり、増やしていくことに価値を置いてきたせいで、定年で白紙に戻されたりすると弱いといった話をしていたと記憶する。

家事と言えば、五年前から肺がんを患っている友人のお母さんは抗がん剤が効いて退院した時、うれしくて台所に立ち、時間をかけて丹波の黒豆をことこと煮たそうだ。お母さんにとって台所は一番の居場所である。とりあえず退院を許された体でもその場に立ちたくなったのだろう。それは加藤さんの言う「日々の営み」であり、毎日をプラスマイナスゼロで生きていくたくましさの表現でもあったに違いない。

そのお母さんを見舞った際、黒豆をいただいた。デパートなどで売っている物とは物が違うんだと思いつつ、一粒一粒をかみしめ味わった。

翌年の秋、お母さんは肺炎を併発して亡くなったが、台所に立ったひと時はガス台の汚れを拭き取るなど、心の輝きも取り戻していたことだろう。

健康一家の「カ行」健康法

随分前のことになるが、就職活動中の学生からこんな話を聞いたことがある。

企業の面接で「家業は？」と聞かれたある学生が「カキクケコです」と答えたのだそうだ。

しばらくしてバラエティー番組で人気タレントが同じ話をして笑いを取っていた。同じ話が出所不明のまま広まっていたのだろう。

それにしてもよくできた話だが、それはおいて本当に広まってほしいカ行の話を紹介したい。

その一つは、京都大名誉教授の大島清氏が提唱した「カキクケコ」である。

〈カ＝感動、キ＝興味、ク＝工夫、ケ＝健康、コ＝恋心〉

このカ行でとりわけ興味を引くのは「コ＝恋心」だ。恋ではなく、恋心にしたところがミソだろう。確か「さわやか福祉財団」理事長の堀田力氏も、「友だち以上、恋人未満」の異性の存在が人生を楽しくさせてくれる、と著書で述べておられたと思う。

もう一つは、国立がんセンター名誉院長だった市川平三郎氏がエッセイで書いていた同じカ行健康法だ。

〈か＝風邪ひくな／き＝気を病むな／く＝食い意地をはるな／け＝検査を受けよう／こ＝ころばないで〉

健康法のポイントがカ行にちゃんと収まっていて、いちいちうなずける。「カ」の風邪は万病のもとだし、「キ」も病気は気を病むと書く。「ク」は今日話題の長寿遺伝子のスイッチをオンにするには、カロリー制限が一番だと聞くから、これも納得だ。

「ケ」の検査では、先日、大腸の精密検査を受けた大阪の病院の掲示を思い出す。「死なないですむ病気で死ぬな」とあって、次の病名が書かれていた。

「胃がん、食道がん、大腸がん、肺がん」

これらがなぜ死なないですむ病気なのか。院長先生は行政と連携した住民検診とその啓発に精力的に取り組んでいる方だから、きっとこう答えるだろう。

「早く見つかれば、みな、助かりますがな」

ぼくも先生に胃がんを早く見つけてもらったおかげで、こうして生き延びている。

その時、言われたものだ。

「早期の胃がんなんて盲腸切るんと一緒でっせ。寝てる間に終ります」

「コ」のころばないで、はスーパー長寿の条件「元気に歩ける」を左右する。要はカ行すべてが貴重な提言なわけだ。

ところで家業の繁栄も健康あってのことだと思うと、以上紹介の二つのカ行なら「家訓」にしてもよさそうな気がするが、どうだろうか。

六センチウォーキング法

ＭＢＳラジオでラジオコラムを担当している。ぼくの七、八分の話を女子アナの大ベテラン、水野晶子さんが受けて、要所要所で盛り上げてくれる。

以前、そのコーナーで朝夕のウォーキングはいつもの歩幅より六センチ伸ばすつもりで歩けば、効果が一段と増すそうですよ、と話したところ、水野さん、それをずっと実行していたらしく、先日の番組で「きっと六センチというのがいいんですよね。かりに五センチだったらどうなんだろうと思います」などと五センチと六センチの違いを体験的に話していた。

彼女の言わんとするところは、「五センチ足を伸ばして歩きなさい」なら、何かおおよその感じで足を出しそうだが、六センチだと言われると、五センチより一センチ長いんだと思うから、「六センチ！」と意識して、爪先にもおのずと力が入るというわけだ。

断っておくが、このウォーキング法はぼくの考案ではない。毎朝歩いている人が教えてくれたもので、その人も朝のテレビ番組で知ったようだ。

その話を聞いた時は、ぼく自身も六センチという数字が印象に残った。おそらくそれは、六センチに五センチにはないリアリティーを感じ取っていたせいだろう。実はぼくも「六センチ！」と足を伸ばしている一人である。

もう一つ、この六センチの話で気づいたのは、人間の意識と行動の関係性である。

考えてみれば、ぼくらの関心や注意を引くもろもろのことは、意識の働きを抜きにはありえない。そうか、それならやってみようという意識。これはいい、効果がありそうだから頑張ってみようという意識。もういいか、そろそろやめにしようという意識。始めるのも、続けるのも、やめるのも、すべて意識とかかわる問題であり、この場合、六センチという数字が目的意識を高めるのに実に効果的に働くのである。

「六センチを意識して歩くと、顔が少し上向きになるだけでなく、背筋もピンとなっ

て歩けるんです。気持ちいいですよ」と水野さん。
今度、彼女に会った時は、こんな話もしてあげようと思っている。
「言い忘れていたんだけど、実は六センチウォーキング法というのは、ヒップアップに効果的な歩き方という企画で紹介されていたんだそうですよ」
彼女の意識はさらにさらに高まり、「六センチ！」「六センチ！」となることだろう。

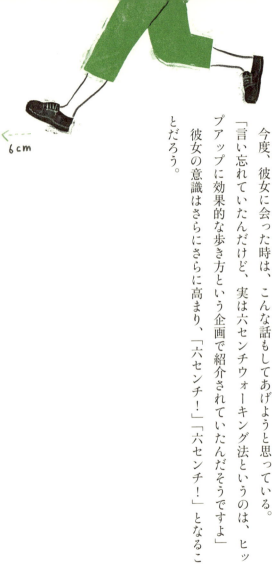

ほかならぬ友の死

友人を亡くした。大阪の総合病院の外科医で、胃がんで入院して以来、二十年近く何かと面倒をかけてきた男だ。

三年前の夏には肺炎で危ういところを助けられた。彼の用意した抗生剤入りの点滴が劇的に効いて、四十度の熱がみるみる下がった。気管支炎の持病を持つ身に肺炎は怖い。彼でなかったらどうなっていたか、と時々思う。

胃がんになった時のこともいろいろ思い出される。当時ぼくはMBSラジオで「ラジオイミダス」というコーナーを担当していたのだが、入院と同時に休ませてもらった。ところが術後数日して彼が「ラジオ、そろそろ始めたら」と勧める。回診時のぼくとの雑談から、言葉数が元気度を高めていると気付いたのだという。電話で再開すると、免疫力を低下させていた自律神経の具合が日々よくなったのには驚いた。

一方、彼もハードな仕事と一緒に心臓に疾患を抱え込んでいた。八年前に心筋梗塞《しんきんこうそく》で倒れ、緊急の手術を受け一命を取り留めたものの、再びの発作に見舞われ、朝方、奥さんが気付いた時には冷たくなっていたという。

ぼくはすでに何人かの友人を亡くしている。あいつはおれのことをよく知ってくれていた。そう思うと、喪失感はさらに深まる。体も心も診てくれていた彼の場合は、大きな喪失感と同時に命綱を断ち切られたような不安感があった。しかし本当はそんなことを思うより、彼より長く生きているという、そのこと自体にぼくは感謝しなければならないのだった。

彼が最初の心筋梗塞の後につぶやいた一言「死ぬって、怖くないですよ」は、今もよく覚えている。なぜと聞くと彼はあいまいに笑い、詳しいことは口にしなかった。家族によると、臨死に似た体験をしたようでもあったが、はっきりした話ではない。

人は死に直面して「怖い」と言う。ぼくの父も直腸がんを患い「怖い」と言い残して手術室に消えた。しかし友人は「怖くない」と言う。察するにそれは、生死をさまよった時の感覚的な自覚というほかに、生死は一つの流れという彼らしい死生観の表れではなかったのだろうか。

困ったことに人間は、自分がやがて死ぬということを知っている。ほかの動物と決定的に異なる人間の未来を予見する能力は、夢や希望というにとどまらず、その先に死をも用意してみせる。それでなおさら人は生あっての死、死あっての生を思い、年齢とともに人生観に死生観を重ねるわけだ。

といって自らの死は意識の終わりを伴うので、死の実際には他者の死をもって臨むことになる。仕事の現場で人の生死と向き合う外科医の彼のこと、そして自らも生死をさまよった体験を持つ人間であってみれば、死生観は成熟していたことだろう。

彼は心細がるぼくのそばで、いつも大きくて優しかった。ほかならぬ友である。悔いが残るのが別れだとしても、彼には元気だった時にちゃんと「ありがとう」と言っておきたかった。

「不老」という名の盆梅

所用で滋賀県に行った折、長浜市の慶雲館で開催中の「長浜盆梅《ぼんばい》展」をのぞいた。歴史、規模ともに名高く、早春の気にふれんと期間中は観光バスも連なる。評判にたがわず、見事であった。純和風の館内に展示された約九十鉢それぞれに足が止まり、しばし見入ることになる。

とりわけ「不老」と名付けられた推定樹齢四百年の盆梅の前では、息をのんで立ち止まっていた。幹は枯れ、朽ち果てていながら、梢にはぽっちりと八重咲きの紅梅をつけている。

こうして生命を保つ上で、人と梅の間で一体どんな作業と営みがあるのだろうか。聞けば、長浜市と観光協会の盆梅専門員が、二カ月の展示を終えたその日から、来年の開花に向けて一日として欠かさず手入れしているのだという。植え替え、剪定、肥料やり、病害虫対策、水やり、整姿《せいし》と一年にわたる丹精に、老木も懸命に応えているのだろう。

そうして幾世紀にもわたって育ててきた人も人なら、梅も梅である。

ぼくの前を中年の婦人が言葉にならない声をもらして過ぎていった。小声を交わす人たちの感想にも、深い感慨の内に敬意がこもっているように感じられた。

滋賀県と言えば、「観音の里」で知られる高月町の「野神」としてあがめられているケヤキも有名で、観光客も訪れている。

高さ二十二メートル、幹回り八・四メートル、樹齢は八百年以上と言われ、見事な樹形である。ケヤキは野にあるのに比べ、盆梅は鉢の中と、根を張る地は双方まるで異なるものの、ともに年齢を重ねてなお人目を奪ってやまず、その立ち姿には感嘆のほかはない。

人間が百二十歳まで生きられる条件は「歩くことができる」ことだと前に書いたが、歩くことができるというのは立っていられるということだ。

老いた人間にはそのありようによって「老成」という言葉もあれば、「老残」という言葉もある。「不老」というのも単に言葉の上の表現でしかない。「不老不死」と言っても、それはありえないのである。しかし「不老」という盆梅は「不老不死」の歳月を現に経ている。見ていて、胸中に悲しいような感銘がしみるのを覚えた。

ぼけることなんて実はない

ある人と話していたら、奥さんが三日前にあったことを日記につけているという。「さしずめ『三日前日記』です」と言うので、「『三年日記』という日記帳は知っていますが、『三日前日記』ですか」と半ばおうむ返しに尋ねると、初老のその人はこう説明してくれた。

奥さんは六十過ぎの主婦で、一日が平凡に流れていくせいか、きのう、おとといのことならどうにかこうにか思い出せても、三日前のさきおとといのことになると、えーっと、えーっとを繰り返す。

ところが、たまたま近くのスーパーの安売りデーが三日前だった日があって、その日のことが割にすっと思い出せた。そこで三日前でも何らかの出来事を強く印象づけられれば、何とか思い出すことができるのでは、と「三日前日記」をつけ始めたのだという。

記憶というのは不思議なもので、古いことでも忘れずに覚えていたり、反対に新しいことなのにまったく覚えていなかったりする。要は受けた印象の程度に左右されるわけで、感動体験などは長期記憶として脳内にずっと残り、過去にならないのも、印象深さゆえのことだ。

と書いたところで、随分前にテレビで耳にしたおすぎとピーコのピーコさんのこんな話を思い出した。

ある所で岡本太郎氏に会い、「先生、お久しぶりです」とあいさつすると、氏は正面を見すえてこう言ったのだそうだ。

「ぼくには過去がない」

どういう意味でそう言ったのか。巨匠の一言だけに軽々しく解釈するのははばかられるが、ぼくなどは先にも言ったように、過去のことほどよく覚えている。

高校時代の同窓会でのあいさつで、人の作品ながら「遠い日が年とるごとに近くなり」という一句を紹介すると、旧友の多くがうなずいていた。みんなもいろいろあった青春の日のことは、それなりに覚えているということだろう。

話を戻して「三日前日記」だが、ぼけ防止にはよさそうだ。正直に言うと、三日前のことはやはり特別な印象がないと、えーっと、えーっとなのである。

ところで最近、吉本ばななさんがエッセイ『イヤシノウタ』でお父さん（吉本隆明氏）の最後の様子にふれつつ、人間はぼけることなんて実はないんだ、と受け取るこちら側の問題を挙げ、こんなことを書いている。

〈ぼけてしまうと脳の世界はもっと広く、もっと深くなって、その恐ろしいほどの情報の渦から拾い出してくる言葉があまりにも大きすぎるから、自分はまともだと思っている人のほうが受け止めきれないのではないだろうか？

ただこちらが小さいだけ。私たちもきっといつかわかるようになる〉

そうだとすると、三日前のことが思い出せないなんて取るに足りない小さいことに思えもするが。

この世の懐かしさ

「この」と「あの」に、たいした違いはない。「この」は近くの物事、「あの」は遠くの物事といった距離の差だ。しかし「この」と「あの」に「世」がつけば、まるで異なる。「この世」と「あの世」。単に距離の違いだけではすまない。

あの世は想像の世界でしかないが、一度その世界に誘い込まれるような感を覚えたことがある。

街灯がともる春宵のひと時、品種名「オオシマザクラ」の白い花が満開の桜並木を歩いていた。風が出て、花びらがひらひらと散り始めたと思ったら、一陣の風にあおられ、さながら雪の乱舞と見まがうほどになった。桜は対比するあわいにあって際立つが、その時ばかりはこの世にいて、あの世を見たような気がしたのである。

しかし、そんな体験は桜幻想にすぎない。近年は、というより「三・一一」以降、ぼくの中で桜はこの世そのものである。去年の春などは近くの公園で満開の花を眺めつつ、「ありがとう」と胸の内でつぶやいたほどだ。

この世という感覚では、乳がんで二〇一〇年に亡くなられた京都の歌人、河野裕子さんの文章がずっと心に残っている（永田和宏『歌に私は泣くだらう』）。

〈十余年まえの秋の晴れた日だった。乳癌という思いがけない病名を知らされたあの日の悲しみをわたしは生涯忘れることはあるまい。鴨川のきらめく流れを、あんなにも切なく美しく見たことは、あの時もそれ以後もない。人には、生涯に一度しか見えない美しく悲しい景色というものがあるとすれば、あの秋の日の澄明な鴨川のきらめきが、わたしにとってはそうだった〉と書いて、こう続けていた。

〈この世は、なぜこんなにも美しくなつかしいのだろう。泣きながらわたしは生きようと思った〉

懐かしい、と思うことはよくある。しかしこの世が懐かしいと思う気持ちは、単なる記憶や過去に伴う懐かしさとは趣を異にする、自他を超えて通い合える世界だろう。

古語の「なつかし」は、「なつく」という動詞が形容詞になったもので、そもそもは「その人のそばにいたい」とか「その場所が気に入って離れたくない」の意味だ。河野さんの「懐かしさ」は古語的に思える。

春、または秋の一日、ぼくは京都は出町柳近くのお寺を訪ね、先輩のお墓にお参りする。その帰途、ふと思うのである。がんを患い、この近くの大学病院に通院していた先輩は、今ぼくが目にする鴨川の流れや大文字山をどんな思いで眺めていたのだろうか。その時ほど、この世が懐かしく思えた時はなかったのではなかろうか、と。

鴨川べりを歩きつつ、ぼく自身もこんな思いにとらわれる。京都ほどこの世への感懐を募らせる都もないだろう、と。

頑張らなくちゃと思ひつつ起き

目玉やきまるで夜空のお月さま　なんば孔一
なみは歌ザーザー歌うがっきだよ　北田大よう
カレンダー三十二日あったらな　岡村茉由
大仏さんじっとしていて暑くない　尾山亜衣
ふうりんにかぜがことばをおしえてる　中川雅也

全日本川柳協会全国大会（二〇一四年）に寄せられたジュニア部門「自由に作る」の中からピックアップした小、中学生の作品だ。

いずれの句も、あることに気づいたり、発見したりしたことを詠んでいる。毎日小学生新聞主催の「親子で学ぶ作文教室」で「スーパー師匠」なる役を務めているが、子どもたちに常々言っているのは、①体験を思い出す　②その体験で気づいたことを書き　③心に浮かんだ感想や考えも書く――といった三点だ。

何に気づいたかについては、忘れないうちにメモに取るようにとも念を押している。ところで、胃がんを患った時に気づいたのは、病室の窓から見る常の風景のまぶしさであった。目に映る自然や建物、人々の様子、言ってみればいつも目にしている当たり前の風景に見入っていたわけだ。以後、風景を眺めつつの散歩を日々欠かさず、心を外に、自然とともに――が健康法として次第に身についていった。

気づくということは、当たり前のことに疑問を持つことでもある。それは兵庫県の有名進学校、灘校で「伝説の国語教師」として知られた橋本武氏の国語教育の要でもあった。

氏は二十一歳から五十年間教壇に立ち、百一歳で亡くなる二年前の二〇一一年、再び教壇に立ち話題になったが、何事も当たり前に思わないというのは自らの生き方そのものだった。

著書『日本人に遺したい国語』で「どんなことでも興味を持ったらすぐに頭を働かせます」「日記は平凡な毎日の中に潜む非凡に気づかせてくれる」と書いて、興味や関心をそのままにしない生き方に触れている。

最近、当たり前に過ぎ去っていく日々こそが最大の出会いでは、とよく思う。すると今日という一日は、その日しかないのは確かなことなので、心して一日を過ごそうという気にもなってくる。

橋本氏は奥さんに先立たれて以後の晩年は、気晴らしのつもりで短歌詠みに心を傾けたそうだ。こんな一首を自著で紹介している。

今日もまた　今日といふ日に会へたのだ！　頑張らなくちゃと思ひつつ起き

日々日々また日々

良寛さんの話の一節〈日々《にちにち》日々また日々、のどかに児童を伴って　この身を　送る〉の言葉を借りて、「日々日々また日々です」と手紙の近況報告などによく書く。

その返事に、「一日一生」と書いてよこした旧友がいた。大書された四文字を眺めつつ、定年後の生活を送っているその男の心境や人生観を察した。

それから数年たって、再び手紙のやりとりがあった。生活そのものにはさしたる変わりはないようだが、「一日一生」は「一瞬一生」になっていた。

やはりそこだけ大きな四文字である。まばたきする間もないことを「ほんの一瞬」というが、「一日」をもっと突き詰めた感じの「一瞬」に変えた彼の胸中やいかに、と思いつつ、しかしこれもあの男らしい四文字熟語遊びかもしれない、と思ったりもした。

手元に四文字熟語の辞典がある。人生、生活はもとより、国家、政治、社会、さらには愛や心、自然と網羅されていて、これらを基に新しい四文字熟語も次々とつくられているようだ。

それはいいとしても、四文字熟語というのは、もっともらしい感はあってもおおまかすぎて具体性をはなはだ欠く。その無内容を補い得るのは、ひとえに四文字熟語を用いる人の人柄であり、人格だというのがぼくの理解だ。

先の旧友の「一日一生」は、天台宗大阿闍梨の酒井雄哉師がよく口にされた言葉として知られている。師の生前最後のインタビューを収録した『この世に命を授かりもうして』という本の中でも、師は「一日一生」を強調して、こうおっしゃっている。

「一日が終わったら、それで今日の自分はお終い、明日はまた新しく生まれ変われるんだ」

比叡山延暦寺に伝わる天台宗独特の「千日回峰行」を一九八〇年、八七年と生涯に二回も満行した師である。「一日一生」も師の言葉となると、約四万キロを約七年かけて歩く荒行の体験に裏打ちされた深みを持って伝わってくる。
酒井師を高倉健さんが人生の師と仰いでいたことはよく知られているが、二〇一三年の文化勲章受章時、健さんから頂いた手紙にも酒井師の言葉が書き添えられていた。

行く道は精進にして、忍びて終わり悔いなし

話を戻して旧友のことだが、「一瞬一生」の後は音沙汰がない。「悠々一生」なんて書いてくる男でもなさそうだし、「一日」―「一瞬」の後を受けた言葉があるとすれば、それはどんな二文字になるのだろうか。

三章

ほほえむことができるのに

いかに告白するか

人は書き表すことで多くの作品を生んできた。文芸の各ジャンルでとらえると、文字で記すことの意味と価値はおのずと広がる。

それにしても人はなぜ書くのか。表現欲というのも一つの答えであろう。ブログなどは自分を表す大きな場ではないだろうか。

一方で告白やざんげの手記もある。いや手記どころか、俳句だって告白だ、と井上ひさし氏は次のような俳句告解論を唱えていた。

「俳句というのは日本人の逃げ道じゃないか、カトリックに告解という儀式があるとすれば、日本人には俳句という告白があるんじゃないかという気がする」

俳句雑誌の企画で江國滋氏と対談した際の発言で、江國氏の著書でも紹介されている。ぼくごときが言うのも何だが、自然と向かい合っていると、生臭い自分が隠しようもなく現れてくる。遠山に日が落ちる眺めに感じ入った時など、告白の一句を詠じたいと思う心境はわからなくもない。

川柳の方は新聞、ラジオで選者役として多くの作品に接しているが、告白調の作品が結構ある。ぼく自身も川柳人の意気地《いくじ》をこんなふうに詠んだことがある。

風流を風柳と書くさりげなく

作家の場合はどうなのか。元「群像」編集長、大久保房男氏は著書『文藝編集者はかく考える』でこんなことを書いている。

「私が文士に感じた魅力の最も大きなものは、野垂れ死に覚悟で、誰に束縛されることもなく、本当のことを、自由に言おうとする態度であった」

大久保氏に活躍の場を与えられた「第三の新人」に吉行淳之介氏がいたが、氏の言葉を借りるなら、小説というのは「最大公約数に受け入れられない人間のやるもの」

であった。

書きたい言葉の多くが、体験から生まれることに異論はないだろう。しかし例えばぼくが自らのがん体験をるる記しても、書き方一つで病気自慢になりかねない。

聖人君子とはほど遠いぼくら凡人は、失敗あり、挫折ありの人生である。書く材料はたっぷりあるが、どう告白するか。ぼくにはそれが最大の文章修業なり、かつ人生修業にもなるように思われる。

「伝える」と「伝わる」

物事をどう伝え、いかに表すか。はっきりと「伝える」方法もあれば、そこはかとなく「伝わる」方法もある。状況によって使い分けられるのだろうが、最近は、「伝える」より「伝わる」方がいいと思えるようになった。

現に映像でもはっきりと見せつけられるのには抵抗があり、テレビのドキュメンタリー番組の残酷な場面などでは目をそむける。動物番組で猛獣が獲物に襲いかかる場面も可哀そうで、すぐに消してしまう。

そこへいくと、文章の世界は「伝える」より「伝わる」表現の方が勝っていると感じられ、最近は一般の文章である散文のほか、俳句や川柳など短詩の表現技法にも感じ入っている。

例えば独りぼっちの寂しさをどう表すか。すぐに思い浮かぶのは、身一つ、無一文の生き方で知られた自由律俳句の尾崎放哉の作品だ。

いつしかついて来た犬と浜辺に居る

犬ではこんな句も詠んでいる。

今日来たばかりの土地の犬となじみになつてゐる

作者に「伝える」意思などまるで感じられないのに、目に浮かぶ風景とともに心の真実まで伝わってくる。孤独とは「伝える」ものではなく、「伝わる」ものなのだ。「寅さん」こと、渥美清さんにも孤独を暗示したこんな句がある。

赤とんぼじっとしたまま明日どうする

いつも何か探しているようだナひばり

「寅さん」のもらす口吻《こうふん》を聞くような作品だ。

さて、散文については拙著『必ず書ける「3つが基本」の文章術』でも触れたことだが、「伝わる」で大切なのは自分と周りとの関係性の描写であろう。同書では①人②物　③自然——の三ポイントを挙げ、大阪に住むAさんが、夏休みで帰省していた息子さん一家のことを思い出しながら、電話口でこんな話をしていたのを紹介した。

「朝の散歩で近くの公園を通りかかったら、噴水のそばに孫の水鉄砲が置き忘れたままになってんねん。台風が来る前にと、みな、数日いて東京へ戻ったんやが、水鉄砲を手に取ったら、何や寂しうなってな。しばらく朝の風に吹かれてたよ」

①人＝息子さん一家　②物＝孫の水鉄砲　③自然＝朝の風

Aさんの話は巧《たく》まずして三点を押さえ、その心情がよく伝わってくる。

世の中は話す人あり、聞く人ありである。望ましい人間関係も「伝わる」話法がおのずともたらしてくれるのではなかろうか。

「方言」に詰まった愛

高倉健さんは映画人生を振り返るつど、母親を思い出していたようだ。「母は法律」であり、その法には「辛抱ばい」と書かれているとも話していた。

それで思うのは、この「辛抱ばい」が「辛抱しないといけませんよ」であったら、どうだっただろう。健さんが何年たっても耳の奥に残っているというような言葉になっていただろうかということだ。

標準語とか共通語とかいっても、それは広く通用するという目的でつくられたもので、土地の人の生活を映した言葉ではない。

健さんの生まれた福岡県中間市は遠賀川流域の筑豊《ちくほう》炭田とともに発展した。「川筋」と呼ばれ、たくましさがみなぎっていたそうで、「辛抱ばい」もそんな風土と文化に根差した物言いであろう。

土地の言葉は、いくら遠く離れた所で生きていても忘れようがないどころか、愛媛県新居浜市出身のぼくの場合だと「こらえなあかんよ」の一言で、身も心も古里に帰る感を覚える。それが親の口癖だったら、わが身を包み込んでくることだろう。

青春期、精神と肉体を揺さぶり、高揚させたのは、やはり好きな異性の存在だ。思いをどう伝えるか。

手紙の文面ならともかく、面と向かっての言葉なら、恐らくその土地の言葉で相手の気持ちも確かめるほかはない。藤沢周平氏が「生きていることば」と題したエッセイにこんなことを書いていた（『小説の周辺』）。

〈……標準語で、「君を愛している」といっても、それはテレビからもラジオからも聞こえてくるので、ことばはコピーのように衰弱している。しかし方言を話す若者が、押し出すように「おめどご、好ぎだ」（わが東北弁）といえば、まだかなりの迫力を生むだろう〉

「やっぱ好っきゃねん」

「好いとっと」

どの地の言葉も「愛してるよ」よりぎっしり詰まった思いが感じられる。

若い子が交わす土地の言葉

たまに故郷に帰ると、昔なじみの言葉に聴き入る感じとなる。タクシーの運転手さんから返ってくる言葉も、懐かしや、「ほーよ、ほーよ」である。一般には「そ」で発音するところが、この地では「ほ」になったりする。

「このあたり、変わりましたねえ」

運転手さんは「ほーよ、ほーよ」と調子よく返してくる。

「あれは何ですか。バカでかい建物……あっ、スーパーですか。昔ここはデパートだったよね」

「ほーよ。デパートより今のスーパーのほーが大きいけん」

新居浜市は別子銅山のふもとで発展した。閉山で市内も様変わりしたが、言葉は変わっていないようだ。

そのスーパーで降り、店内に入ると、主婦同士の会話も「ほーよねえ」「ほーじゃけんの」である。そうそう、駅のホームやバス停で見かけた中、高生たちも、新居浜弁なのを耳にして、何かほっとした。

言葉は暮らしとともにある。言葉とともに肉体も精神も育ってゆく。個々のパーソナリティーだって土着の言葉を抜きには語れない。若い子が土地の言葉を交わしているということは、それだけその地の言語が、元気に根付いていることを示すものだ。

と書いて思い出したことがある。以前、東京の女子大で授業をしていたころ、学生の一人がこんな作文を書いた。

「大阪へ遊びに行って電車に乗った時、アナウンスが大阪弁じゃなかったので裏切られた気がした」

その時は、そんなアホなと思ったが、今は、それ、ええやん、ええアイデアや、と思っている。電車のアナウンスが、「次は新大阪でおます。新大阪でおますー」となるわけだ。

近年、日本中が画一化している。とりわけ地方がひどい。駅前にあった旅館がコンビニに取って代わられるなど、珍しくもなんともない。

そこへいくと、大阪は大丈夫だ。第一、大阪人は方言を話しているという意識などまるでない。方言という概念さえ持っていない。東京への対抗意識に加えて、大阪弁そのものに「大阪でんねん」の強い自立意識が働いているからであろう。

ラジオから流れる声

仕事柄、人の声には敏感でなければならない。読者の声はもちろん、どこからともなく聞こえてくる値上げや増税の是非の声、あるいは声なき声にも耳を澄まさなければならない。

また声は「声を殺す」「声をのむ」「声をとがらす」などと言うように感情を伴うから、それらの声を聞き分けて判断する力も、当然必要であろう。

ところで、声はすれども姿は見えず、とは言うものの、声は常に見えない。それに比べ姿は常にさらされている。しかし人目にさらされる姿は年を取りやすいのに、目に見えない声は年を取りにくい。

MBSラジオの水野晶子さんはこの世界では知られた女子アナである。ラジオの報道番組を中心に数々の大きな賞を受賞している。

ぼくが彼女と仕事をしてすでに三十年近くになるから、ベテランと言ってさしつかえなかろう。でも声の方はちっとも年を感じさせない。つやのある声に凛《りん》とした響きがあって、聴いていて心地よい。多少きついことを言っても、それがあまり気にならないのは、きっと声のせいだろう。

先夜の番組で「水野さんは声美人ですよね」と言って、「それ、どういう意味」とつっこまれた。美人を声に限定したようなニュアンスがまずかったのだろうが、もう遅い。「夏目漱石がこんなことを言っているんですよ」と次の言葉を紹介して話題を変えた。

「凡《すべ》て声は聴いているうちにすぐ消えるのが常です。だから其所《そこ》には現在がすぐ過去に変化する無常の観念が潜んでいます」

水野さんも感じるものがあったようだ。ぼくもその言葉を実感する時がある。とりわけラジオを聴いていて、そろそろエンディングかなと思う頃である。達者なパーソナリティーの一言、二言にはしだいに情味が加味されてくる。

声は見えないぶん、感じさせるものが大きい。人柄のあったかさ、やさしさ、思いやりの深さ、心の豊かさ。それらすべてが声に表れる。声が過去のものとなってしまう番組の終わりに、その感は際立つ。

そして、エンディング曲が流れてきたりすると、名残惜しさが一層つのる。ああ終わったという余韻の中に漂うある種の無常観。しかし耳に残るラジオの声は、今日のうちにある明日をも思わせてくれるので、また次も聴こう、となるリスナーも少なくはないだろう。

小説と真実

寝床で読む小説は、昔読んで心に残った作品が多い。ラストがわかっていると、いつしか安らかな眠りにつけるからだ。ＳＦ伝奇作家、半村良氏の人情小説として注目され、一九七五年の直木賞授賞対象作となった「雨やどり」も、そんな一作だ。

バーのマスターの仙田が新聞を取りにマンション一階まで下りて行くと、別の店のホステスをしている邦子が降り出した雨を避けて飛び込んできた。雨はやみそうもない。仙田は彼女を部屋に上げた。それがきっかけで親密な関係になるが、邦子には刑務所に入っているヤクザのヒモがいた。月日がたち、邦子は姿を消す。……またやって来た梅雨の季節、仙田は窓の外の雨を眺めながら、ふとつぶやく。

「そうか。あいつ、俺に雨やどりしたんだ」

どこか寂しい。でもぬくもりのある短編だ。作家が描き出した情味のある世界ゆえの味わいだろう。

小説は虚偽はなしでも虚構はありだ。名作とうたわれる作品は、フィクションによって現実とは別の小説的現実を創出し、そこに広がる詩的真実とでもいえそうな世界に読者を誘い込む。「雨やどり」などはその手法を生かした名作であろう。

ところで二〇一六年は没後二十年ということで、司馬遼太郎氏の作品や史観が雑誌やテレビで再び取り上げられている。記者の駆け出し時代、『手掘り日本史』という本を読み、氏の次の言葉が印象に残った。

〈できるだけたくさんのファクトを机の上に並べて、ジーッと見ていると、ファクトからの刺激で立ち昇ってくる気体のようなもの、それが真実だとおもいます〉

「文藝春秋」二〇一六年二月新春号で司馬遼太郎記念館館長の上村洋行氏が『竜馬がゆく』にまつわる秘話をつづっている。東京・神田の古本屋から運び込まれた二トントラックいっぱいの資料の中でも、司馬氏の創作意欲を刺激したのは竜馬の手紙だと書き、こう続ける。

〈竜馬の人物像は、作家司馬遼太郎が作り上げた部分が大きいでしょう。しかし、その底抜けに明るく大らかな雰囲気は、本人の手紙にすでによく表れているものです〉

歴史上の活躍以上に描かれている、とはよく聞く話だが、手紙から気体のように立ち上ってくる真実に司馬氏は心を動かされ、ぼくら読者が魅せられた「竜馬」が立ち上がってきたということであろう。

自慢話あれこれ

入社早々の新入社員は上司の自慢話に何度となく付き合わされるものではなかろうか。駆け出し時代のぼくは特ダネ自慢を嫌というほど聞かされた。

こんな話も聞いた。事件記者で鳴らした某氏、「おれの手は血塗られている」と一声発するや、「この面、全部もらう」と社会面を手で押さえたという。「血塗られている」という形容は、当時世間を騒がせていた連続殺人事件のスクープであることを強調したのだろう。

これは全て先輩からの伝聞なので真偽のほどはよくわからない。特ダネにまつわる話は人づてに伝わるうちに大きくふくらんでいく。「パトカーを止めた」が、「パトカーの後ろに飛び乗った」になるから油断ならない。

断るまでもなく、自慢話は人に聞かせて当人が独り悦に入るものが多い。その傾向は特に「モテ自慢」に顕著だ。「まいったよ」などと言いながら、ちっともまいってなどいないのである。

最近よく耳にするのはペット自慢だ。以下は愛犬家の友人の話である。

動物病院で愛想のいい犬なので「いい子ねー」と頭をなでると、飼い主のおじさんが「知ってるんだ！」と声を上げた。「いえ……」と言うと、「この子、テレビで紹介されたから」と言い、受付でも「テレビに出た子だから」と繰り返していたという。

こういう話に対し、抵抗なく聞ける自慢話の代表格は孫自慢だろう。「音大に行かせてやりたい孫の歌」という川柳があるが、孫にしろ子にしろ、「この子、天才かも」と思う親、祖父母は少なくない。ある教科書会社のデータであったか、その割合は八、九割にも達していた。言葉を覚える速さに、「天才」と思うケースが多いそうだ。

北杜夫氏に可愛い孫との日々を綴ったエッセイ『孫ニモ負ケズ』があるが、氏は当時四歳の孫が「川のように泣いちゃった」と言うのを聞いて「才能があるのではないかと私は思った」と書いている。

そうそう、先夜読んだ岩波文庫の『漱石日記』にこんなくだりがあった。

〈昨夜子供が活動写真を見に行ったら、蘆花の「不如帰《ほととぎす》」をやったそうだ。そうしたら恒子が泣いたそうだ。恒子は九つである。どうして泣けるか不思議でならない〉

「不如帰」は徳冨蘆花の小説で、海軍少尉川島武男の妻浪子が結核を理由に義母に別れさせられ、息絶えるまでの悲劇で、浪子の「生きたいわ！　千年も万年も生きたいわ！」のせりふは有名だ。「恒子」は夏目漱石の次女だが、ぼくなどは泣いたって不思議とも思えず、これも漱石の子供自慢かなと思う。

川柳な付き合い

子どもの頃、父親と一緒によく風呂に入った。

ある時、湯がぶくぶくと音のするそこだけ盛り上がっている。ぼくが、え？　という顔をすると、父親は「おならして熱いと風呂をかきまわし」とすまし顔で言って次のような言葉を足した。

「何にでも言葉を引っ付けてみることや」

父は川柳の同人誌に入っていて、自分の句が載ると、声に出して読んでくれた。しかしそういう句はほとんど覚えていないのに、おならの一句だけはよく覚えている。「引っ付ける」が印象深かったのだろう。

日本は昔から短歌（和歌）の上の句（五七五）を一人が詠むと、別の人が下の句

（七七）を詠むといった連歌の歴史を持っている。さらに江戸期には、庶民の間に俳諧の連歌が広がり、そこから俳句や川柳も生まれる。

俳人、金子兜太《とうた》氏によると、連歌の「付け合い」（五七五に七七を付けること）がいつの間にか「付き合い」という言葉になったそうだから、父の言葉の引っ付けるうんぬんも何やら合点がいく。

毎日新聞（大阪本社版）とＭＢＳラジオ「しあわせの五・七・五」共催の「健康川柳」も年々女性の投句が増えるなど、すこぶる健康に育っている。ひとえに付け合う文芸が人と人との付き合いを深めているからだろう。

そしてこの間、みなさんの良句にぼくの解説やエッセイを添えた句集も二冊刊行された。折につけめくっているが、数々の川柳にふれつつ思うのは、人はいろいろ学びながらも、しかし学んだことを生かせないまま同じことを繰り返し、こうなりゃ一句でもひねるほかないかとなる人間模様である。

それは江戸の昔から変わらぬとみえ、市井小説もよく書いた藤沢周平氏は、随筆集『ふるさとへ廻る六部は』に所収の「市井の人びと」で「人間の本質はさほど変ったわけではあるまい」と『誹風柳多留《はいふうやなぎだる》』からこれら二句を抜いている。

ちつとづつ母手伝つてどらにする
母親はむす子のうそをたしてやり

文芸としての川柳の出発点となるその『誹風柳多留』も編さんされてから二〇一五年で二百五十年となった。

「わかった」はわかっていない

改めて言うまでもなく、人の心はわかりにくい。本音と建前の物言いもあれば、うそも言う。さらに言うなら、自分の心すらわかっていないのが人間だ。鏡の自分を見て、そこに映っていないもう一人の自分がささやく。「本当のことを言ったら」と。

夜に書いた手紙を朝になって破ったりするのも、単に夜と朝という時間の違いだけではないだろう。やっかいなことに、人間は自己中心の自分と、そういう自分を客観視している自分が混じり合って存在している。コミュニケーションとはいっても、そういう人間と人間の心の伝達だから、簡単ではない。

加えて感情表現の問題がある。かりに相手が涙を流しながら、「つらい」とか「悲しい」と口にしたからといって、「つらい」「悲しい」がその人の心を表す的確な言葉かどうかはわからない。心にあふれる感情を表現する時、「つらい」「悲しい」の言葉があるからそう言ったまでかもしれない。『ラルース世界ことわざ名言辞典』によると、「涙にもそれなりの快感がある」「涙はたいていの場合、心からより目から流れ出る」ということだ。

さてそのあたり、心を診る専門家はどう受け止めているのだろう。臨床心理士の友人に聞くと、やはり人間は言葉で理解し合うものだと言う。それではどんな言葉が大切なのか。「言葉を引き出す相づちだ」と一言返ってきた。「なるほど」とうなずくと、友人は「その『なるほど』も、『なるほど、ね』と『ね』を付けた方がいい」と言う。「わかった」とうなずくと、友人は「『わかった』も、簡単に口にすると相手は本当にわかっているのか？　口先だけの言葉では？　となる」と話す。「わかった、わかった」と強めて二度言うのも、「二度はかえって信用されない」と注意された。「じゃ、どう言えば」と聞くと、「わかるような気がします、と答えると、相手は少し言葉を多くして向き合うようになる」と体験をもとに話すのだった。

今日、コミュニケーション能力という言葉は一般的だ。ますますもって人間関係が

難しくなっているということだろう。
　コミュニケーションは話す、聞くで成り立っている。しかし、友人の話ではないが、「わかった」などと早々と答えるより、黙してさらに耳を傾ける。ひたすら聞く。もっと言うなら、沈黙を聞く。つまりは胸の内にある言葉を察するということ。本当はそれが一番のコミュニケーション能力なのかもしれない。

曲がり角で見たものは

何度も見ている映画に「ローマの休日」がある。ご存じのとおりオードリー・ヘプバーンのアン王女とグレゴリー・ペック扮《ふん》するアメリカ人記者、ジョー・ブラッドレーの恋物語だ。と書くと今さらの感があるが、このまま続ける。

ラストの記者会見のシーンは頭に焼き付いている。王女はジョーら記者たち一人一人と握手したあと壇上に戻り、振り向くのだが、瞳には涙が光っていた。

二人だけの別れのシーンはその前にある。

「私はその先の角を曲がります。あなたはこのまま帰って、私の行き先を見ないと約束して」

さらに王女は「お別れの挨拶も言えないわ」と絶句する。そして車を降りると走り出し、左の角を曲がって姿を消す。楽しかったローマの一日の終わりは、二人の恋の終わりでもあった。

路地の角を曲がる。映画のみならず、別れに曲がり角はつきものだ。見送った相手の姿が、そこでふっと消える。その先をたいていの男が、あるいは女がじっと見つめている。

なぜ見つめるのだろう。戻ってくるかもしれないと思うから。いや、そんな期待がなくても見つめている。どれだけ見ても、相手は現れてこないのに。未練だろうか。ただぼんやりとそうしているだけなのだろうか。

別れの際のせりふに「じゃあ」がある。この「じゃあ」に「ね」がつく時もある。その「ね」には未練がこもっていたりする。遠い昔、一緒に「ローマの休日」を見た彼女とは「じゃあね」と言って別れ、しばらく立ったまま後ろ姿を追った気がする。

ごく普通の口調で「じゃあ」と角で別れ、見送った人は数知れない。今も気の合った連中と路地裏の店で一杯やって、「じゃ」とか「またな」とかなんだかんだと言いながら、右へ左へと別れていく。

そのうち、といってもまだ少し間があろうが、年を重ねてくると「あの時が……」と心の内でつぶやいて、人生の曲がり角に思いを致すこともありそうだ。あるいは前方の角に、ふと幻影を見ることになるかもしれない。幻影は誰でもない。自分自身の後ろ姿である。

夜の公園にて

春先の肌寒い夜の公園で、老犬をじっと抱きかかえベンチに座っている婦人を見かけた。ぼくの夜間の散歩コースに入っている住宅街の公園なので、その日以来、婦人と犬の姿をしばしば目にすることになった。

婦人とは、そのうち短いあいさつを交わすようになり、犬はすでに病んでいて長くはないことも知った。その後ずっと出会うこともなくなっていたが、年が変わって木々がほつほつと芽をつけてきたころ、公園のベンチにぽつんと婦人の姿があった。

近寄って声をかけると「ああ……今晩は」と応えてくれた。ひざに犬はいなかった。婦人は犬のことは何も言わず、ぼくも犬の死を察して何も聞かず、その場を去った。

先夜、ぼくは公園のベンチに腰を下ろした。ごく自然に婦人のことが思い出された。ここに座って、犬とどんな会話を交わしていたのだろう。いや、犬を相手に会話というのはおかしいかな。そう思ったところで、物言わぬ犬がこれまでに倍していとおしく思えた。

そうそう、死去の報で本棚から取り出した長田弘氏の最後の詩集『奇跡―ミラクル―』の「幼い子は微笑む」の一節を思い浮かべたのも、その時のことだった。

人は、ことばを覚えて、幸福を失う。／そして、覚えたことばと／おなじだけの悲しみを知る者になる。／まだことばを知らないので、幼い子は微笑む。／微笑むことしか知らないので、幼い子は微笑む（略）

ぼくは目をつむって耳を澄ました。風も木々も草花も、ぶらんこも鉄棒もすべり台も、公園内のことごとくが言葉をもたない。けれども、どんな雄弁よりも意味をもつ沈黙――。

物言わぬものらの語らずして語っているその声が、公園のベンチで静かに時間を過ごす婦人にはどれほどありがたかったことか。その胸中が少しわかってくると、そうかと独り合点した。婦人にとってはあの老犬は変わらぬ日々の営みの中でも、時に見舞われる悲しみの中でも、微笑みを忘れない永遠の子であったのだ、と。

「さようなら」の心性

後輩が彼女を連れてやって来た。なれそめは友だちを介してのグループ交際だったようで、「彼女とはたまたま出会ったんですよ。幸運でした」と照れくさそうに言う。彼の話を聞きつつ、ある人が出会いについて次のようなことを言っていたのを思い出した。

「地球上にいる六十億人の中で、男女それぞれが恋人や夫婦になるといった特定の人と出会う確率は三十億分の一でしかないわけです。しかも出会いというのは、一年三百六十五日のうちの一日のある時間をふたりがともにしたということだ、と考えると、これは偶然というより出会うべくして出会った、つまり必然とみるべきではないでしょうか」

数字上の巧みなレトリックに富む話ではあるが、ぼくはなんとなくうなずきながら聞いていたわけで、その時、こんなことも思っていた。

仲の良いAとBの人間関係はA、Bそれぞれにとっては、向こう側とこっち側にいた双方がたまたま歩み寄って出会ったという関係にしか思えないだろう。しかし人間の行動を上から見ることができる、それこそ何事もお見通しのおてんとう様の目で見れば、AとBの生きてきた歩みとその軌跡は丸見えだから、ふたりは交わるべくして交わったということがわかるはずだ。

で、ぼくが「偶然出会ったと言うけど、お互い出会う運命にあったのかもしれないよ。似た者同士とか、類は友を呼ぶなんて言葉もあるしね」と言うと、後輩は「あっ、そうなんです。似た者同士のところ、いろいろあるんですよ」と彼女とのエピソードをひとつふたつ挙げながら笑った。

人と人が出会って人間関係ができる。状況的にはどうあれ、自分がこんなふうに生きてきたから、あの時あの人と巡り合えたんだ。おそらく相手の側からも同じようなことが言えるのではなかろうか、とぼく自身も思ってみることがある。またそうとしか説明のつきにくい友人も何人かいるのだった。

いささか強引な言い方になったかもしれないが、出会いも必然と思えば両者の人間関係もさらに良好に保てるのは確かなことだろう。

出会いがあれば別れもある。「さよならだけが人生だ」と日本人の心性は「さようなら」に傾くところがあるが、別れに際しては出会ったというそのことこそを大切に思って見送りたいものだ。

「自分」は月に花に

見る気もなくつけていたテレビを消す。一瞬にして静かになるのは当然ながら、部屋の空気までがすっときれいに澄んで感じられた。いいなあ、この感じ。気も静まる。落ち着いたところで、その行動が予定されていたかのようにベランダに出る。

夜の物陰の向こうに建ち並ぶマンションの明かりが見える。空に星と月と群雲。

満月の夜にすぐ上の兄を亡くした。急死の知らせを胸にベランダからじっと月を見ていると、月もぼくを見てくれている気がした。以来十二年余、月を眺めつつ、川端康成氏がノーベル賞受賞の記念講演で述べた言葉「月を見る我が月になり、我に見られる月が我になり」を口の中でふとつぶやくことがある。

そんな時に思うのは、月との関係だ。合一というか、一体化する感覚は実感できるが、それはぼくが月に引き寄せられているからか。それとも月がぼくの心の中に入ってきているからなのか。どちらの側で一つになるのだろうか。

世界的な数学者、岡潔《きよし》氏の晩年の講義などを在野の研究者、森田真生氏がまとめた『数学する人生』という本で、岡氏は「自然の中に心がある」という仮定と「心の中に自然がある」という仮定の二つがあると断った上で、こう続けている。

〈私は十五年前ははじめの仮定を採用していた。しかしいまは後の仮定を採用している。心の中に自然があるのだとしか思えないのである〉

氏は別の箇所でこうも述べている。

〈人本然の生き方において、自分といえば、現在心を集中しているその場所のことをいうのです〉

そうだとすれば「自分」は、ある時は月に、またある時は花に変わるわけだ。いや、面白い。

「万緑を見てよスマホの君たちよ」

そんな句があるが、ぼくも思う。岡氏のおっしゃるほどに心が変幻自在な「自分」

をもたらすのなら、みんなもスマホに費やす時間をさき、心を遊ばせるひと時を持ってはいかがかと。

山野を走る電車なら、夏場の満目の緑は見るが法楽であろう。

ぼく自身は月を見る日が増えそうだ。

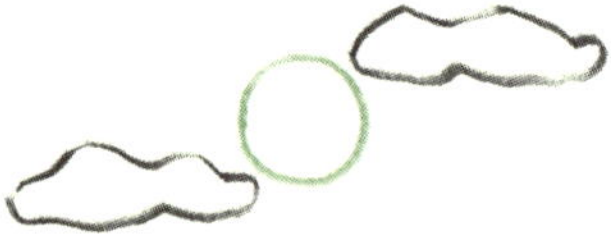

ほほえむことができるのに

大阪社会部時代、大衆芸能の舞台裏をルポして社会面に丸一年間連載した。吉本興業や松竹芸能などを取材して、最後は関西のストリップ劇場であった。

足しげく小屋に通って楽屋にフリーパスになった頃には、踊り子の裸体も見慣れたものになっていた。ところがある日のこと、若い踊り子が地方を回るのか、ステージから楽屋に戻って来るや、一枚また一枚と下着や衣服を身につけ、上下とも装ったのを目にした時、我ながらおかしいほどに興奮した。彼女はペットのチワワを入れたバッグを手に、はんてん一枚でゴロゴロしている年配の踊り子に声を掛けて出て行ったが、その後ろ姿にも心は逆回転したままであった。

これは「脱ぐ」の逆の「着る」に刺激を受けたという感受性の問題ではあるが、物事を逆さや反対から見れば、その様相はもちろん、受ける印象だって一変するのは珍しいことではあるまい。

物理学者にして随筆家だった寺田寅彦氏は「新しい事はやがて古い事である。古い事はやがて新しい事である」などと物事をとらえ、その視点は予言的で示唆に富んでいた。ある時は「神」と題して「Ｇｏｄ」の逆さまは「Ｄｏｇ」だ、とも書いた。逆さといってもスペル上のことで、彼もそれ以上のことは触れていない。

しかしこれはこれでイミシンである。飼い主が犬の無償の愛情表現に接して、魂のレベルでは犬のほうが自分たち人間より上では、と思うのはあり得ることだ。朝の散歩で顔を合わす近所のご主人は、足元の犬を見やりながら話していた。

「夫婦げんかになると、この子が前脚をかけてきて止めに入るんです。犬に教えているつもりが、犬に教えられている。犬を飼っているつもりが、犬に飼われている。何もかもアベコベなんですよ」

谷川俊太郎氏の「ほほえみ」と題した詩がある（『空に小鳥がいなくなった日』）。

ほほえむことができぬから
青空は雲を浮かべる
ほほえむことができぬから
木は風にそよぐ
ほほえむことができぬから
犬は尾をふり——だが人は
ほほえむことができるのに
時としてほほえみを忘れ
ほほえむことができるから
ほほえみで人をあざむく

何でも見てやろう、の駆け出し時代から数十年がたつ。通りいっぺんの見方はすまいと常々心しているが、今なおアベコベの「真実」にはハッとなること、しばしばだ。

四章

哀しみを知って
笑いを深くする

ご苦労さん、空気清浄機

海沿いにぽつんと建つマンションに引っ越したのは十数年前のことである。気管支を患っていたせいで、空気のよさそうな所へ越したいと思い続けていた。

一帯は草がぼうぼうと茂る造成地で、深夜、タクシーで帰宅中、運転手さんから「ゴーストタウンですね」と言われた。本当だから笑うほかはなかった。

そのゴーストタウンが見る間に一変した。草原は平地に整備され、次々とマンションが建った。引っ越した当初、百八十度の広がりの中にあった東京湾が、マンションとマンションの隙間からしか見えなくなった。

すぐ近くに大型スーパーもでき、車がひっきりなしに出入りする。海からの風の道がふさがれたうえ、排ガスが充満して窓も開けづらい。

思いあまって電器店で空気清浄機を買い求め、居間に置いた。これがよく働く。こちらが気づかないにおいやほこりも、表示のランプを真っ赤にして吸い取っていく。一カ月おきに前面のパネルを開けてフィルターを取り換えるが、そのまま空気を吸い込んでいたら体内はどうなっていただろう、と思えるほど真っ黒で、命の恩人にも思えた。

ところがそうして何年かたったある日の朝、清浄機が苦しそうにウーウーとうなり始めた。どこか具合が悪いのだろうが、よくわからない。そのまま使っていると、うなり声は次第にか細くなって、急に止まった。あちこち点検したが、うんともすんとも言わない。ぼくと常日頃をともにしてくれていたことを思うと、働きづめに働いて事切れたのだ。ひとしお健気に思え、「ありがとう」と親族の最期をみとった時のように声をかけた。

寿命といえば寿命だが、今思うと、東日本大震災で棚の本がドサッドサッと落ち、積年のほこりが白く立ち込める中でフル回転してくれたぶん、寿命を縮めたのかもしれない。あのころは液状化で地中から噴き出した砂が舞い、外の空気もひどいものだった。

翌日、新しい空気清浄機を買った。電器店の人が、古いのは持って帰ります、と言うので、中のほこりを「ご苦労さん」とねぎらいつつ掃除機で吸い取り、汚れもふき取って渡した。

新しい清浄機はデザインもしゃれている。機能も豊富で、表示のランプもふえ、万事そつなくこなしている印象だ。そのぶん人間で言うと人間味というか、そういう感じに欠け、前の旧式に感じられた一生懸命さは伝わってこない。

ウーウーといううなり声を思い出すと、少しさびしくなる。

生きとし生けるもの

東日本大震災以後しばらくは、見知らぬ人の何気ない言葉にも、そうだなあ、とつい聴き入ることがあった。東京湾岸に住んでいて、一帯が液状化現象に見舞われたせいもあろうが、それ以上にこの大震災を悲しい教訓として生活全般を見直し、少しでも変わらなければという思いもあるからだろう。

バス停やバスの車内で主婦同士が交わしている会話には、水とトイレに泣かされた震災体験がにじんでいる。例えばこんな調子だ。

「おふろの水は流さずに、トイレのタンクに入れて使ってんのよ」

「私も以前は水道の水を出しながら顔を洗っていたけど、今は洗面器に水をためて洗ってる。その水もすぐに流さず、トイレのタンクへ入れてるわ」

続くこの話にも、ぼくは隣席でうなずいていた。

「私たち、つらい体験をした者同士でしょ。仲間意識っていうか、言葉にしなくても、何かわかり合えている気がしない?」

「街のみんなとつながっている感じがするでしょ」

別の主婦同士の、こんな会話も耳にした。

「ベランダの柵にクモの巣がよくかかっているの。前はすぐに取り除いていたけど、今はダメ。クモが一生懸命かけた巣だと思うと悪い気がして」

「わかる。震災後は小鳥や草花を見る目も変わった気がするもの」

「みんな一緒に生きているって感じでしょ」

わかるなあ、と思いつつ聞いていた。

季節折々に人でごった返す都会を離れ、山と川のある町を訪れるが、生きとし生けるものとともに今があると実感する。それは明らかに震災前より強いもので、雪解けと梅雨時に水かさを増したとどろきにも、山の傾斜の杉木立から差す木漏れ日にも、そして上空から舞い降りて松の木のてっぺんでピーヒョロロと鳴くトンビや、水辺でひたすら虫を捕って飛び回っているツバメにも、一緒に生きているということを意識する。

先日は、利根川の渓谷を走るＳＬに出合った。夏場、ＪＲ東日本が特別ダイヤで高崎駅から走らせているようだ。エネルギーは蒸気なんだ、と当たり前のことに心が動き、山あいに汽笛をこだまさせてひた走る姿には感懐を覚えてか、胸に響くものがあった。

乗客が窓から身を乗り出して手を振っている。ぼくも手を振っていた。

人、町、国と子らのこと

長年、同じマンションに住んでいると、住人の何人かと顔見知りになる。一人暮らしのお年寄りとはエレベーターで一緒になった時など会釈をするぐらいだが、外からその人の部屋を見上げて洗濯物が干してあるのを目にすると、何か安心する。

といったことは、同じマンションに住む住人意識の表れであろうが、近年は同じ町内という住民意識も働いて、以前はさして気にとめなかった町内放送にも耳がとまる。

先日は「犬と散歩に出た老人が帰宅しません。お心当たりの方は……」という放送に気をもんだ。犬が先に家に帰ってきたのか、それとも犬も行方知れずなのか。いろいろ気にしていたところ、ほどなくして老人の無事を知らせる放送が流れた。犬のことまでは伝えられなかったが、ほっとすると同時に、町内の善意のようなものが感じられた。

あるシンクタンクが町づくりへの提言をまとめたリポートに、こんな一節がある。

「人間はそこに住みあるいはそこで仕事をすることによって早い人で十年もたてばその〝土地の人〟になりうる」

東京湾岸の町に住んで十数年になる。〝土地人〟になって不思議はないが、ぼくの住民意識は東日本大震災をおいては語れそうもない。何しろあの日は強い揺れに何度も身構え、もう大丈夫かと外に出たら出たで、道路はでこぼこ、あたり一帯土砂でぬかるむというひどい液状化であった。それから何日もの間、互いに助け合う中で、我、人とともに住民意識を高めてきた気がする。

三年ほどして町内の主要道路の改修工事も終わり、散歩のコースも広がった。海に近い公園まで足を運んだその日は、園内のグラウンドで少年野球の大会が行われていて、足を止め見入った。好プレーには手をたたき、エラーには落胆のため息をもらしている間はよかったが、そのうちこの子たちはどんな時代を生きていくことになるのだろうと思い始めると、どうもいけない。すっかり感傷的な気分になってくる。

平和が保てるかどうかだけでなく、大震災、列島をぐるり取り巻く約五十基の原発……戦後ずっと生きてきて、今ほどこの国の行方が案じられる時はない。先々を思うと、なべて子どもたちがいとおしく感じられ、エラーをした子には倍する声援を送っていた。

住民意識とは明らかに違うこれは、何と呼べばいい意識なのだろう。

寅彦はいつもいる

「天災は忘れたころにやって来る」という警句は、寺田寅彦氏の言葉とされてきたが、著書にその言葉は見当たらない。よく似た寅彦の警句は後述するとして、とりあえずぼくの住む東京湾岸のことを少し話しておきたい。

東日本大震災ではひどい液状化に見舞われた町で、朝の散歩時、ワン君を連れた人らの立ち話を時々耳にする。先日はこんな話を聞いた。

「○○さん、傾いた家も直したばかりだし、もう逃げずにここにいようってお父さんと話し合っているそうよ」

「そうね、どこが安全ってわけでもないからね」

「この子（愛犬）もいるし、私もここにいる。地震が来たら来た時よ。でも、本当にどうなるんだろうね」

「三・一一」直後、給水車の水をもらいながら、「お互い助け合っていきましょうよ」と声を掛け合っていた人たちだが、この国に住む限り震災への不安は消えない。

東京湾北部地震ばかりか、南海トラフ沿いで予想される東南海・南海地震も警戒期に入っているらしい。これに広域的に連動した巨大地震の恐れも言われている。液状化で地盤が弱くなっているところへ再び大地震が来たらどうなるのだろう。みんな内心の動揺を隠せないようだ。

そんな住民の話が頭に残る夜、『寺田寅彦随筆集』（岩波文庫）を手に取った。「地震国防」（一九三一年）や「天災と国防」（三四年）と題したものは再読しながら、はっとする箇所が多々あった。江戸時代の宝永、安政地震を例に挙げ、「昔の日本は珊瑚《さんご》かポリプくらげのような群生体で、半分死んでも半分は生きていられた。今の日本は有機的の個体である。三分の一死んでも全体が死ぬであろう」と予言した上で、「陸軍兵員の一日分のたくあんの代金にも足りない」と地震のわずかな研究費を嘆くのである。さらに文明が進むほど天災の被害は大きくなるのに、一向に防御策が講じられない、とも嘆き、その原因を「そういう天災がきわめてまれにしか起こらないで、ちょうど人間が前車の顚覆《てんぷく》を忘れたころにそろそろ後車を引き出すようになるからであろう」と書いている。誰が言ったか、こんな警句がある。

寅彦は忘れたころにやって来る

いやいや、寅彦はいつもいて、彼の警句はますます意味を持って今日に生きている。

哀しみを知って笑いを深くする

笑いの効能、効果については、改めて説明を要すまい。ストレスの軽減や免疫力のアップはもとより、コミュニケーションを促して広く人間社会の親和力になっている。

昨今、世の中は笑えない出来事にこと欠かない。全体として緊張を強いる世になっている印象だが、であっても、笑いの力を忘れてしまっては気がめいると、ぼく自身は意識的な笑いを心掛けている。

夜、風呂の中でワッハッハと声を出し、口の両端を上げるなどして笑顔を作ってみる。笑いたくもないのにワッハッハだから、多少のむなしさは覚えるが、顔面の表情筋の動きが情報として脳に伝わるフィードバック効果のせいだろう、次第にうっとうしい思いも消えていく。

この国の笑いの伝統には狂言、落語、川柳といろいろある。なかんずくぼくは俳諧連歌から俳句とともに誕生した川柳になじんでいて、人間風詠の五・七・五を笑いのものにしてきた。俳句の「俳」には「おもしろい。こっけい。おどけ」などの意味があるが、川柳は俳句より俳味が豊かと言えるのではなかろうか。

哀《かな》しみを知って笑いを深くする

東日本大震災の被災者、津田公子さんの作で、ぼくが選者役で出ているMBSラジオの川柳番組「しあわせの五・七・五」でこの句と併せて震災後二カ月の日々を語ってくれた。宮城県東松島市の住まいは津波に流され、避難所に身を寄せたが、炊事班の女性たちとの何気ない会話に助けられた、と番組でこんな話もしていた。

「野菜を切ったり、皿を洗ったりする時のやりとりで、自然にふっふっと笑えるんです。そうだねえって感じで」

震災前は当たり前にあった笑いを、今は意識して深くする。哀しみの深さも同時に伝わってくる句だ。

二〇一六年四月十四日の熊本地震は、それ以降も大分県にも拡大し続発している。油断できない日々が続く中、「しあわせの五・七・五」の番組には被災者からの句も届き始めた。人間は胸の内にわだかまる思いを外に発することで少しは気持ちも軽くなるものだ。詠む、歩む。一句が奮起の一歩になることを願ってやまない。

五章

笑いの天使とともに

愛犬と気持ちをつくる朝

朝、散歩していると、犬を連れた人とよく出会う。もっぱらおじさんで、ときどき主婦も見かける。ただ主婦は、朝食の準備をしなければならないせいか、犬が用を足すまでの散歩が多そうだ。

そこへいくと、定年後の生活に入ったおじさんたちは、時間を気にするふうもなく、気ままに、というより犬に引っ張られるまま歩いている。考えてみれば、年齢という定規でやむなく仕事を退いた彼らである。融通のきかない杓子定規の世界など、もうご免の心境の人も少なくないだろう。

年配のAさんもそんな一人だ。会社では偉い人だったらしく、以前は顔を合わすと、合併した銀行名をちゃんと間違えずに言って、景気の話などもよくしていた。

しかしリタイアした今は、まるで別人の印象だ。先日も近くの公園で足元に咲く花を話題にし、また空を見上げては「雲のかたちも変わってきましたねえ」と伸びをしていた。

犬の動きも心得ていて、草むらの奥へと犬が入り込むと、手に提げた小さなバッグからすぐさま紙袋を取り出し、「いい子だ、いい子だ」と慣れた手つきでフンの始末にかかる。

そんな時にたまたま行き合っても、「いや、どうも」と笑顔で会釈して如才ない。その姿には、一つ捨て二つ捨てと、肩の荷を下ろした人ならではの温和さも見て取れる。この夏は野球帽に短パン姿で、犬の足取りに負けず劣らずの軽やかさであった。

一方、愛犬と散歩デビューして日の浅いおじさんも目につく。その日は子犬を連れたおじさんが前方を歩いていたが、フンの始末には結構苦労しているようだった。

犬は用を足した草むらを離れてリードを引っ張るが、おじさんは「ダメだ、待って」と引き戻し、「どこにしたの」などとつぶやいている。結局、フンは見つからなかったのだろう、おじさんは犬がしゃがみ込んでいたあたりの草をしきりにむしり取って、その場をあとにした。

道端に立って、犬とともに遠くの空を眺めているおじさんもいる。人は悲しい時に空を見るというが、大丈夫、おじさんは大きなあくびをしている。吹く風に身をまかせている別のおじさんの背に宿る孤影には特別な感情がわくが、ともあれおじさんたちは愛犬との朝の一歩一歩で日々の気持ちをつくっているのだろう。

生きているとは、この光なんだな

日が差す日の午後、電車に乗って海辺の公園に出かけた。緑も多い公園だが、今は落葉の林にも日がくまなく差し込んでいる。そのぶん広々として、めっぽう明るい。

芽が兆す桜やほつほつと花をつけ始めた梅林の周辺のベンチには、高齢の男性が腰を下ろしている。首をかしげて近寄るハトに声をかけ、何羽も集まってくると、パンくずを与えている人がいる。野鳥を撮るのだろう、カメラを手にした人もいる。前に来た時は野良猫を抱きかかえ、その猫と同じように目を閉じている人がいたが、この日は見かけなかった。

みんな思い思いの時間を過ごしているのだろうが、胸中の感情までは読み難い。定年後の居場所を求め、この公園に来ている人もいることだろう。その人たちの中には、ほの見えてきた老いと孤独にうろたえている人だっているかもしれない。逆に、組織や人との結び目を解いて、やっと味わう解放感に浸っている人だっているだろう。しかしそんな安らぎも、やがては退屈極まりなくなったとしたらどうなるのか。元に戻りたい。いや二度とご免と思うかどうか。

こちらの想像はとりとめがないが、確かなことはハトの群れや、その周囲で跳びはねているスズメのほか、ヒヨドリ、ムクドリ、さらには猫といった生き物たちと彼らがひと時をともにしているということだ。

人間、いかに生きるか、などと利いたふうなことはともかく、人生に何を求めるか、何のために生きているのか、は人それぞれであろう。目的意識は大切なことに思えるが、人間もまた自然界の生き物である以上、生きようとするのは本能に違いない。そうだとすると、生の果てる時に実感できるのは、人生はどうであれ「生きた」という生き物感覚に凝縮されるのではなかろうか。

ふと、そんな思いにとらわれてベンチの人を眺めると、彼らが豊かな自然とともに自然な姿で生きているように思えるのだった。

鳥たちが春まだ浅い海を渡っていく。きらめく波が海原に乱舞している。そうか、生きているということはこの明るさ、この光なんだなと思わせられた。

至極もっともな女性の長命

あれは谷川岳の紅葉を見たくて、上越新幹線の上毛高原駅からロープウェー乗り場行きのバスに乗った時のことだった。幸い座れたが、そのうちリュックを背負った中高年の人たちでバスは満員になり、グループごとに交わす会話が耳に入ってきた。

男性グループはそれぞれが自説にこだわり、人の話はあまり聞かない。聞いても否定的な言葉をよく口にするので、話が伸びていかない。

「谷川岳は何メートルだ。二千メートルはあるのか」「あるだろ」「ないよ。わずかに足りないはずだよ」「この川は利根川だな」「利根川にしては川幅が狭いな」「狭くても利根川だ。このあたりは地形上狭くなってるだけだろ」

何の脈絡もなく話は一転してプロ野球のドラフト会議に。

「日ハムがとった早稲田の投手、体もでっかいし、いいよな」「でっかいのはピッチャーは楽天がとっただろ」「あれ、高校で投げすぎてるって話だよ。甲子園でも投げまくってたじゃないか」「太田幸司っていたな」「太田？」「三沢の……甲子園で投げまくっても、プロでもやってただろ」「…………」

ネタが古すぎるのか、会話はふっと途絶え、沈黙に入った。笑顔もないし、もう少し楽しそうに話せないのか、と余計なことを思った。

女性グループだと、視界に入ってきた谷川岳の紅葉を感嘆しつつ、笑顔も尽きない。さしたる脈絡もなく広がる会話は、おおむねこんな感じであった。

「うわー、きれい。岩肌と紅葉のコントラストがいいわねー」

「そうねえ、来てよかったー、今がピークね」

「そうね、少ししたら山頂は雪になるんじゃない」

「お友達のご主人、谷川岳に紅葉を見に行って、初雪に降られたことがあるって」

「ほんと、でも寒そうねえ」

「やっぱり上着は一枚多めに持ってないとダメね」

「このヤッケは薄手だけど、案外あったかいのよ」

「そういうの、私もほしいわ」

「インターネット通販よ」

「あらそうなの。インターネットのお買い物って、あなたよくするの？」

「便利だもの。家具も買ったわよ。それがね……」

男女のそんな話をロープウェー乗り場までの五十分近く聞きつつ、ぼくは思ったものだ。男より女性が長命なのは、至極もっともなことではないかと。

笑いの天使とともに

今、犬にエサをやるとは言わない。エサはあげるだ。エサとも言わない。ご飯である。「うちの子は男の子なのに恥ずかしがり屋で」とか「この子はおてんば娘で困ります」といった愛犬家同士の会話もよく耳にする。犬は家族の一員であるばかりか、子や孫より可愛い、と言う人も知っている。

ぼくも大のワン君好きだ。朝の散歩時に決まって出合うワン君が何匹もいる。体をすりつけてじゃれてくる子もいる。

さて、散歩時、シーズーを連れたおばさんに出会った。シーズーは丸顔に大きな目、鼻はぺしゃっとして全体にくしゃくしゃっとした顔つきの犬だが、おばさんもよく似た顔立ちである。

思わずワン君に「きみはお母さん似だねぇ」と言ってしまったが、おばさんは「よく言われるんですよー」と笑顔になって、「何で似るんですかねー」と顔をさらにくしゃくしゃにして喜んでいた。「犬は人なり」とは川端康成の言葉だが、不思議と似ている犬と飼い主。そして似ているということがどうしてうれしいのか、どうしておかしいのか。ともあれこちらも大笑いしての一日の始まりに、何か心が弾んだ。

その日はバスにも乗った。学生街を走るバスで、女子学生数人の横に座って彼女たちの話を聞くともなく聞いていた。

「煮物って好き？」「好き、好き」「どうやって作るの」「煮るんじゃないの？」「作れる？」「作れない」「煮物のおいしい店知ってるよ。行く？」「行く、行く」

たわいない話ながら、バスを降りてから笑いがこみ上げてきた。

この後、用事を一つすませて最寄りの駅へと続く路地を歩いた。その時、「焼きいもー、焼きいもー」の声が辺りに響いた。小型車がのろのろ走りながら、スピーカーでお客を呼び込んでいる。

思い出すことがあった。生前、中島らも氏がテレビで話していたことだ。原稿に行き詰まった時、表を焼きいも屋が通ったという前置きの後、こう話が続いたのだ。

「人がこんなに苦労してんのに何が焼きいもやって笑っちゃって……その一日一日には必ずひとり天使がいる。それが何か電車のホームにいた助役さんであったり、スポーツ新聞を売っているおばちゃんであったり……何かね、その日の天使がひとり、それがあればやっていけるんですけどね」

心に残る話であった。

その一日、何か無為に過ごしたかのような気もしたが、思い返せばよく笑った日であった。ぼくは何人もの笑いの天使に会った。今日という一日も、こんなぐあいに過ぎてくれれば日々これ好日である。

六章

たそがれの日本

「そうは言っても」

職場の声はほとんど聞き入れられないまま、仕事の内容が急に変わった。当然、部下は上司に不満をもらす。しかし上司は、「そうは言っても……」と繰り返すばかりだ。

みなさんにそんな体験はないだろうか。

「そうは言っても」

事情は違っても、この一言は職場のみならず、今や世の中全体にはびこっているように思えてならない。

カタログハウスの「通販生活」（二〇一六年春号）に掲載の「落合恵子の深呼吸対談」で、落合さんとゲストの脚本家、倉本聰《そう》氏がテレビ報道をめぐってこんな言葉を交わしている。

落合　現場のスタッフの中には頑張っている人たちが大勢いますけど、テレビ局のような大組織では「そうは言っても」という言い訳のもと、自粛をしてしまうケースがよくあると聞きます。

倉本　本当にそう！　だから、僕は富良野塾を始めたときに2つの禁句をつくったんです。「前例がないから」「そうは言っても」は使うなって。「そうは言っても」というのは本当に卑怯な言葉ですよ。

以下もこのテーマでのやりとりがあって、倉本氏は「そうは言っても族」の多さを嘆き、落合さんも「安保法には反対だけど、そうは言っても」という人が多いのかもしれない、などと応じている。

倉本氏は「結局、経済、つまりはおカネなんでしょう」と「そうは言っても」の言葉の背後に横たわるものにも言及している。

折から氏が作、演出を手がけた富良野GROUP公演の人気作「屋根」が全国で巡演中だった先日、TBSラジオの番組「荒川強啓デイ・キャッチ！」で舞台に託した思いを伺うことができた。

氏の話は作品の根底を流れる「あの頃」、すなわち「決して豊かではなかったけれど、今より幸せで、情も人と人とのつながりも深かった時代」への感懐とともに、どうしてこんな国になったのだろうという問題意識から離れることはなかった。

考えてみれば、原発再稼動も「そうは言っても」の言い訳が後押ししてのことだろう。近年の経済活動を支えている効率重視も、「そうは言っても」の文脈にあるのではなかろうか。

シワとアセとシミの昭和のアルバム

松本清張、向田邦子とくると、昭和である。このおふたりそれぞれが昭和の社会や家族を描いた作品に加え、戦後の代表的な日本映画をリメークしたテレビドラマを最近よく見かける。

いずれも力の入ったドラマなのは出演者の顔ぶれを見てもわかるのだが、昭和にしては何だか……と違和感を覚える作品もないではない。

そんな感想を映画通のある中年女性に話してみたところ、こんな言葉が返ってきた。「そうよ。主人公ら男女の顔が小さいと、今の子って感じのシーンになってしまうよね。昭和の顔は私ぐらいないと」

なるほど、とうなずいて、ぼくも言った。「小顔もそうだけど、顔のシワが少ないのも気になるなあ。ふっくらした顔より、シワのあるほうが役柄にふさわしいのに、と思ったりしてね」

当節、ドラマに出演のタレントや俳優が恐れるのは、地デジになって顔がはっきり映ることだそうだ。それで口の周りに美容成分を注入したり、マッサージでシワ取りに励む芸能人が増えているとも聞くがどうなんだろう。

と書くと、何だか主人公らの顔そのものにこだわっているようだが、単にそういうことではない。昭和は時代そのものがシワ深かった、と言いたいのだ。戦前戦後の節目でシワはひときわ深くなり、戦後は戦後で平坦ではないこの国の道筋に期待と不安をないまぜにして、昭和はさらに幾筋ものシワを刻んだ。少々ダジャレめくが、戦後の日本は「シワとアセ（汗）」でもたらされる「シワアセ＝しあわせ」を高成長の坂の向こうに見ながら、みんな頑張り抜いたのである。

戦後、映画はしだいにテレビに押されて斜陽化したが、それでもビッグスターがスクリーンを背負い、客を呼び込んだ。なかんずく昭和が終わるまでの十年余は、高倉健さんの活躍が際立っていた。

思いつくままその間の健さん主演の映画を挙げると、「幸福の黄色いハンカチ」「遙かなる山の呼び声」「駅　STATION」「海峡」「南極物語」……と十数本にのぼる。

四十代半ばから五十代後半、男盛りの健さんは雪の夕張から氷の南極まで駆け抜けて、まさに全盛期であった。シワのみならず、時に映る手のシミも、ぼくには印象深く残っている。

シワとアセと、そしてシミの昭和への感情はどうしようもなく深い。

ところで「サンデー毎日」の長期シリーズ企画「昭和のテレビ」で一九七七（昭和五十二）年のホームドラマ「岸辺のアルバム」の主演女優、八千草薫さんと脚本の山田太一氏の対談を掲載していた。ドラマの裏話もさることながら、おふたりそれぞれの死生観も印象に残った。

山田氏が「平均寿命からして、もう死んでいるはずなんですよ（笑）」と話すのを八千草さん、「私も（笑）」と受け、「昔は自分の死など随分先のように思っていましたけれど、今は近くにあるような気がします」と答えると、山田氏もこう応じている。

「僕も友達がどんどん亡くなっていくから、競争に負けて取り残されたような気分です。だんだんと死に馴染んできて、終わりがあるのは悪いことばかりじゃないと思っています」

最後の八千草さんの一言がまた印象深い。

「ずっと生きるのは辛《つら》いですけれど、終わりがあるから頑張れる気がします」

死という言葉がたびたび出てきても、そこに暗い影などまるでない。こんなおふたりである。天国の「お呼び」も当分ないだろうと思いつつ、ぼくは「昭和のアルバム」をくっているような気分になっていた。

寅さんとともに失ったもの

「寅さん」こと渥美清さんの訃報に接した日のことは、強く記憶に刻まれている。一九九六年八月の暑い盛りであった。

ぼくはその時、胃にがんを抱えていて、寅さんの追悼特集を最後の仕事に「サンデー毎日」の職場を離れることになっていた。

後日、できあがったその週刊誌を大阪の病院の売店で目にしたが、さすがにしみじみと眺める感じとなった。ありし日の寅さんが表紙である。編集長として手がけた週刊誌はどんな号であれいとおしいものだが、この時の「寅さん号」は自分の身の上とも相まってちょっとつらいものがあった。

映画「男はつらいよ」全四十九作で、寅さんが歩いた各地を訪れると、やはりスクリーンで見た所へ行ってみたくなる。たとえば琵琶湖を訪れると、「男はつらいよ」のロケ地となった長浜市（滋賀県）へ足を延ばすなどしたが、そんな地方からも寅さんの似合う町が少なくなっている。山あいの小さな駅。岬の連絡船。縁日の境内。田んぼのあぜ道……よしんば風景は残っていても、地域社会を支えていた人と人とのつながりや人情は薄れていくばかりだ。

おいちゃん、おばちゃん、妹のさくら、裏のタコ社長、それから御前様……。日本が経済成長とともに大きな希望に包まれていた昭和四十年代に寅さんシリーズは生まれた。人間同士の約束とかたしなみ、みっともないことはやめようという地域の一員としての自覚、そういったものがまだまだ生きていた時代だった。だからワンパクな寅さんも近隣のいい大人に支えられて、気持ちの優しい人になったのだった。

東京でも大阪でも、まだ下町情緒を残している町がある。物干し台のある二階建ての長屋。打ち水。路地の真ん中であくびをする猫。手入れの行き届いた鉢植え。なかには鉢の代わりに古い火鉢が使われ、ヤツデなどが植えられていたりする。日本人のたしなみが感じられ、そういう所を歩くと、何か心が落ち着く。人間が生きていく上でもっとまじめに考えられていい地域のたたずまいが失われていくにつれ、さまざまな悲しい出来事もふえてきたようだ。

細い目をさらに細くしてニコッと笑うあの顔を思い出すと、ぼくたちの求めている明日は、じつは寅さんが歩いた町々にあったのでは、と思えてならない。

ムクゲの花と健さん

朝顔はなぜ朝顔と言うのだろう。「顔」には「チームの顔」というように「代表するもの」という意味もある。ぼくはそういうことかなと思っていたのだが、手元の歳時記を開くと、「早朝に開き始めて昼はしぼんでしまうので、この名がある」などとある。朝に咲く花のはかなさを朝の美人の顔にたとえた名のようだ。

近年、朝顔はあまり見かけず、ぼくふうの解釈の〝朝を代表する花〟ではなくなっている。

代わって、古くはアサガオとも呼ばれたムクゲの花が目を引く。高さ二、三メートルの花木で、垣にしたり、庭木にしたりして植えられている。

朝の日差しの中で、五弁の花をいっぱいつけて咲いているのを見ると、散歩の足が止まる。ぼくの好きなのは白い花弁の奥の底部が赤く染まっている花で、見入り、感じ入っているうちに、高倉健さんのことを思い出すことがある。

健さんのドラマの代表作「刑事」は一九九五年にNHKで放送された作品だが、事件が解決し捜査本部を出ていく時、健さんが歌う「約束」（小林亜星／作詞・作曲）が流れる。

「木槿《むくげ》の花が咲くころに　あいつと帰ろう　あの故郷《ふるさと》へ」

遺作となった映画「あなたへ」の公開前に健さんと対談した際、この歌詞や中国の巨匠、チャン・イーモウ監督の「HERO」のせりふ「故郷に帰ろう。剣を捨てて静かに生きよう。ただの男と女になって」を口にすると、すぐに一言返ってきた。

「（胸に）きたですねえ。あれは」

「やはり剣を置いてって感じで余生を送りたいですか」と聞くと、また一言返ってきた。「ありますねえ」

冗談の口調ながら、健さんはイブ・モンタンが秘書だった女性と晩年を過ごしたことをうらやましがっていた。「俳優をやめたら、風のいい所に暮らして、そこで死にたいなあと思っています」とも話していたから、次作の「風に吹かれて」を無事撮り終えていたら、今ごろは静かに余生に入っていたかもしれない。

早いもので十一月に三回忌を迎える健さん。今朝もムクゲを見た。そうして毎朝見ていると、愛しさにふと悲しみを覚え、名優を失ったという思いが改めて胸に刻まれるのだった。

ザ・タイガースとともに

四十四年ぶりにオリジナルメンバーで再結成されたザ・タイガースのコンサートが先夜NHK・BSプレミアムで放送され、見入った。二〇一三年十二月に行われたツアーの最終公演「ザ・タイガース 2013 LIVE in 東京ドーム」を約九十分に収録した番組だ。

懐かしかった。いや、そんな一言ではとてもすませられない。心の奥深いところから浮き立つ感情が湧いてきたり、しみじみとなったり、心はさまざまに動いた。

♪花咲く娘たちは……　♪雨がしとしと日曜日……　かつてのヒット曲の歌詞が次々と流れてくる。改めて聴いて、どの歌にも祈りにも似た優しさが込められている、と今さらのように思った。

ジュリーこと沢田研二さんが昔と同様、♪君だけーにーと歌いながら総立ちの客席に向かって指をさすと、「キャー」「ワー」の歓声混じりのどよめきが上がった。場内の熱狂は、画面からあふれんばかりに伝わってくる。四万五千人のファンは、ザ・タイガースが解散する一九七一年以前に瞬時にして帰っていた。年をとれば、遠い日ほど近くなるものだ。

ジュリーはすっかり丸い体形になり、長髪だったサリーこと岸部一徳さんの頭髪もめっきり薄くなった。ジュリーが「この五人でザ・タイガースです」と紹介したメンバー全員、どう見てもいいおじさんである。

でもそれがいいのだ。ファンとスターの垣根を越えて、一緒に生きてきたんだ、とみんなそんな感慨に浸ったことだろう。カッコいい＝スリム、にまるでこだわっていないジュリーには、これまで以上に親しみを持ったのではなかろうか。

「蛍の光」をバックにジュリーがマイクを握り締めた。

「二〇一三年十二月二十七日。みんな今日まで生きてきました。みんな今日も生きています。みんな明日も生きていきます」

そして客席に向かって向きを変えながら「ありがとうございました」と三度言って頭を下げた。

歳月とともにザ・タイガースはおおらかさと優しさを増していた。こちらこそ、ありがとう、と言いたい。

フォークであったまる冬の夜

中学、高校時代、フォークの人気グループを追っかけていたという女性が、かぐや姫や吉田拓郎らの名を挙げてこんな話をしていた。

「好きな歌はノートを作って、レコードのジャケットの歌詞を書き写していました。書いて覚えると、歌の世界がわかってより楽しめましたから」

彼女によると、友人らもそうしていたそうで、ファンの間で歌詞ノートの存在は少しも珍しくなかったという。

フォーク全盛期の一九七〇年代、ぼくは事件記者時代の真っただ中で、歌を楽しむ余裕などなかった。後年、はやったフォークをいろいろ聴いてみたが、吉田拓郎作曲、岡本おさみ作詞の「旅の宿」などは、確かに書き写したい一曲だった。浴衣にススキのかんざし姿で現れる彼女の色っぽさ。いいなあ、旅の宿か、とその世界に浸ったものだ。

このコンビの曲では、森進一さんが歌う「襟裳岬《えりも》」も大ヒットした。時にテレビから♪北の街では～と森さんの歌声が流れてくると、しばし耳を傾ける。「悲しみを暖炉で燃やしはじめてるらしい」のフレーズなどは、いつ聴いてもいい歌詞だなあ、と心にすっと触れてくる。いま、ＣＤで聴くと歌の場所とは無関係に「三・一一」後の世を重ねて聴いているような気もする。

昨今、歌詞にじんとくる歌にあまり出合わない。若い子のポップな歌はほとんど踊るためのものらしく、歌詞は二の次のような印象だ。演歌だって♪あなたはどこに～と歌ったところで、ケータイ、スマホで相手とすぐにつながる今日では、ための情感も表しづらいとみえる。

ま、しかし、こういう感想もアナログで育った年代のせいだろう。枯淡の境地などとはほど遠いものの、冬空にさえわたる寒月には、つい眺める感じとなる。思いを五・七・五に託したりもする。

ついでながら、「旅の宿」では風呂上がりの彼女と上弦の月を見る情景が歌われているが、どうして上弦の月なんだろう、と初めて歌を聴いた時からの疑問はそのままになっていた。しかし先月、西の空に横たわるように浮かぶ上弦の月を見て、愛らしいうえ、色っぽくさえ感じられ、「旅の宿」はやはり上弦の月でないと駄目なんだ、と独り合点した。満月に向かってふくらんでいく月だというのも、若い二人の男女にはお似合いなのだ。きっと。

今夜も冬の月を窓から見つつ、暖炉で気持ちを温めるように懐かしいフォークに浸っている。

物干し台から見た明かり

友人の話である。

幼いころ、大阪近郊の町の裏長屋に住んでいた。父と母は共働きで、朝早く家を出て、夜遅くまで帰ってこなかった。

ふたつ下の妹がいて、祖母がふたりの面倒を見てくれていたが、家にはテレビもなく、夜になると寂しくてたまらない。

すると祖母が、ふたりの気持ちを察するように「さあ、二階の物干しに行こか」と立ち上がる。子どもだけで物干し台に上がるのは禁じられていたので、それだけでもうれしかったが、ほかにもう一つ、大きな楽しみがあった。

「あれが生駒さんやで。あそこでキラキラ光ってんのが生駒遊園や。きれいやなあ」

そんなふうに切り出す祖母の話とともに、遠くでまたたく生駒山上遊園地（奈良県生駒市）の明かりを見ることだった。

生駒山頂周辺に1929年に開園した古い遊園地ながら、みんな一度も行ったことがなかった。祖母はブランコや乗り物がぎょうさんあってな、汽車ポッポも走ってんねんで――と見てきたように話す。

妹とふたりで光をじっと見ていると、真っ暗闇の天空に幻想の遊園地がしだいしだいに広がってくる。

「おばあちゃんの話すままに想像していただけなのに、気持ちは十分満たされていてね」

そんな友人の話に、ぼくはかつてのドラマ「北の国から」のシーンを思い出していた。

大みそかの夜、純と蛍はテレビのある友だちの家に紅白歌合戦を見せてもらいに行く。けれども、その家の楽しそうな様子を土間から見て、そのままそっと引き返す。そして外から帰っていた父親と三人で、山の上から富良野の町の明かりを眺める場面である。

テレビがないから夜景を見て過ごす。うら悲しいと言えばうら悲しいが、その時の明かりは、今の子が見たくても見られない特別な輝きを持っていたことだろう。

友人がしみじみと話して、こうつけ加えた。「ビンボーもセピア色になると、幸せに思えることがあるよね」

貧しさゆえの体験も、幸福感に包まれた思い出の一つに数えられる。歳月がもたらすものであろう。

それにしても、とぼくは思う。

今の子どもたちは、この先にどんな光を見ているのだろうか。そしてその光は、信じていいほど確かなものなのだろうか。

戦後七十年を詠めば

戦後七十年。ぼくなりに振り返ってみようと引っ張り出したのは、何冊かの川柳の本だった。

なぜ川柳か。独特のユーモアとエスプリで読者を引きつけた内田百閒《ひやつけん》の言葉をお借りする。

「俳句には境涯というものがあって、そこを覗《のぞ》かせればいいんだが、川柳というやつは生活の割れ目から飛び出して来る」

そういう句でなければ、というわけだが、この言葉を知った時、「生活の割れ目」には感じ入ったものだ。その生活の担い手は庶民にほかならず、現に田辺聖子さんが、「川柳で庶民史を書きたかった」と大阪の川柳結社「番傘」を率いた岸本水府

（一八九二―一九六五年）の生涯を軸に『道頓堀の雨に別れて以来なり』と題する二千五百枚の大作を書いている。
その著に水府の「終戦の日二句」がある。

富士を中にくらしの煙この日から
醬油《しょうゆう》が瓶に半分世が移る

戦時下、「壕《ごう》の夜は深し子の頭わが頭」と空襲の不安を詠んだ水府だが、これらの句にうかがえるのは、庶民の目から見た真実の生活史だ。
田辺さんの著から広島の被爆を詠んだ句を引く。十七音字を追うだけで地獄である。

水呉《く》れるのああうれしいと死んでゆき　柳内勝
火ぶくれの吾子《わがこ》を妻はよく見分け　福光ゆたか

長崎の被爆も地獄だ。

仰向けに虚空をつかむ父を焼く　　和田たかみ

その長崎から六日後に天皇の「玉音放送」である。戦争で日本はことごとくを失ったが、一方で類いまれな解放感が何年か続く。以下の句も田辺さんの著から。

戦争は反対だつた顔ばかり　　山椒亭《さんしょてい》
今だからいふがと彼も自由主義　　永田暁風《ぎょうふう》

昭和から平成へと移るあたりの句は、ほかの川柳本から引用しよう（野谷竹路『川柳の作り方』）。

昭和送る墓標に消えぬきのこ雲　早苗

先代は戦死、当主は突然死　一夫

いがみ合う国にも月はまんまるい　翠

一方で、こんな句もある。

核は今死んだふりしている平和　幽香利

「死んだふり」という表現が、今日の時代状況と何か重なって印象に強く残る。ところで、岸本水府の名作選からぼくが好んで口にしているのはこの句だ。

ぬぎすててうちが一番よいといふ

やはり「わが家が一番」と思えるのも、世が平和であればこそである。

たそがれの日本

夕方を「たそがれ」と書くのは何か照れくさい。気取っている感じがするからで、夕方は夕方でいいと思っている。

でも歌、とりわけ昭和歌謡はたそがれという言葉抜きには語れない。いや、歌えない。「黄昏《たそがれ》のビギン」「たそがれマイ・ラブ」「たそがれの銀座」……と多々あり、題名にはなくても歌詞の中には「たそがれの街」がよく出てくる。

その昭和歌謡がブームらしい。テレビからは地上波、BSを問わず、戦後のヒット曲が毎日のように流れている。そういう話をすると、「歌に引かれてみんなも時間をさかのぼって、昭和のあの頃を懐かしんでいるのでしょ。今の時代がちょっとひどいから」と言う人がいた。

ぼくも昭和生まれの旧世代で、東京オリンピックや夢の超特急、東海道新幹線の開業、さらには大阪万博などで日本中が沸いたあの頃がすぐに浮かぶ。

一方で、今日の世はどうなのか。北海道まで新幹線は延びたものの、格差は拡大して貧困家庭の子どもの割合は六人に一人という。二〇二〇年の東京オリンピックも東京都知事が政治資金にからんで辞めたり、何だかんだと影が差す。企業の不正、偽装もひどいものだ。

「こうもいろいろあると、たそがれの昭和に心が動きますよね」。ぼくは言って、昭和歌謡だけでなく、田中角栄元首相の本が売れているとか、テレビのBS、CSでは昭和の映画やドラマばかりだとか、何かと昭和だといった話をした。するとその人は、「たそがれというのは」とつぶやき言葉を続けた。

「人生のたそがれというように、盛りが過ぎて終わりに近づこうとする頃ですから、たそがれは昭和じゃなくて、戦後ずっと平和だった今の日本かもしれませんよ」

♪赤い夕陽が校舎をそめて……と歌い出す「高校三年生」がはやった頃、ぼくも高校生だった。その頃だっていろいろあったし、大学に入ってデモにも参加したが、し

かしこの国で戦争のできる法が成立したり、憲法改正が云々されたりするとは思ってもみなかった。
窓辺に寄りかかって夕焼け空を眺めていると、ああ今日も穏やかに過ぎた、とそのことのありがたさを思うことがよくある。どこかでたそがれていく日本を案じているからだろう。

おわりに

二〇〇六年四月から毎日新聞夕刊で始めたコラム「しあわせのトンボ」を全部読み返し、編集者にも改めて読んでいただき、本書に収めるコラムを選んだ。

ほかの本で紹介したコラムも数本あるが、十周年記念作品ということで、そこは目をつぶった。コラムの一本一本に加筆、修正したほか、新たに書き下ろしたものを含めたのも、同様の趣旨である。

幻冬舎の福島広司さん、前田香織さんには本当にお世話になった。深くお礼を申し上げる。

近藤勝重

近藤勝重　こんどう・かつしげ

コラムニスト。毎日新聞客員編集委員。早稲田大学政治経済学部卒業後の1969年、毎日新聞社に入社。早稲田大学大学院政治学研究科のジャーナリズムコースで「文章表現」を出講中、親交のあった俳優の高倉健氏も聴講。毎日新聞では論説委員、「サンデー毎日」編集長、専門編集委員などを歴任。夕刊に長年連載の「しあわせのトンボ」は大人気コラム。10万部突破のベストセラー『書くことが思いつかない人のための文章教室』『必ず書ける「3つが基本」の文章術』(ともに幻冬舎新書)など著書多数。コラムや著書の一部が灘中学校をはじめ中高一貫校の国語の入試問題としてよく使用され、わかりやすく端正な文章には定評がある。TBS、MBSラジオの情報番組にレギュラー出演し、毎日新聞(大阪)では人気企画「近藤流健康川柳」を、幻冬舎では「しあわせのトンボ塾——大人のための文章サロン」を主宰している。

今日という一日のために

2016年10月5日　第1刷発行

著　者　近藤勝重
発行人　見城 徹
編集人　福島広司
発行所　株式会社 幻冬舎
〒151-0051 東京都渋谷区千駄ヶ谷4-9-7
電話　03(5411)6211(編集)　03(5411)6222(営業)
振替　00120-8-767643
印刷・製本所　中央精版印刷株式会社

JASRAC 出　1610019-601
検印廃止

Printed in Japan　ISBN978-4-344-03014-5　C0095
幻冬舎ホームページアドレス　http://www.gentosha.co.jp/

この本に関するご意見・ご感想をメールでお寄せいただく場合は、comment@gentosha.co.jpまで。